PATTO CON IL MILIARDARIO

CATTIVI RAGAZZI MILIARDARI, LIBRO 4

JESSA JAMES

Patto con il Miliardario: Copyright © 2019 di Jessa James

Tutti i diritti riservati. Nessuna parte di questo libro può essere riprodotta o trasmessa in alcuna forma con nessun mezzo elettronico, digitale o meccanico, incluse, ma non solo, attività quali fotocopie, registrazioni, scanner o qualsiasi altro tipo di raccolta di dati e sistema di reperimento di informazioni senza il permesso esplicito e scritto dell'autore.

Pubblicato da Jessa James,
James, Jessa
Patto con il Miliardario

Copyright di copertina 2020 di Jessa James, autrice
Immagini/foto di: Deposit Photos: xload; 4045qd; Ssilver

Nota dell'editore:
Questo libro è stato scritto per un pubblico adulto. Questo libro potrebbe contenere scene sessuali esplicite. Le attività sessuali incluse nel libro sono pure fantasie per adulti e ogni attività o rischio corso dai personaggi della finzione nella storia non è né approvato né incoraggiato dall'autore o dall'editore.

CAPITOLO PRIMO

Wyatt Preston

Guidando attraverso la vasta tenuta del country club, non potei fare a meno di pensare che tutto era troppo costoso. L'erba doveva davvero essere così verde? Voglio dire, i bambini in Africa non avevano nemmeno l'acqua e questi damerini erano preoccupati per un filo d'erba secco? Ah, le persone e le loro priorità. Mi strinsi nelle spalle per nascondere l'evidente rabbia che avevo accumulato nel crescere lì e parcheggiai la mia berlina davanti alla cabina del parcheggiatore. Un ragazzino adolescente si avvicinò, chiaramente per nulla entusiasta mio veicolo generico: probabilmente era abituato a macchine sportive e decappottabili. Scusa, piccolo, pensai mentre gli lanciavo le chiavi. Salii i gradini di marmo e non ho potei fare a meno di sorridere quando vidi la bacheca degli eventi: "Il compleanno di Victoria 'Tori' Elliott: nel Gran Salone." Dio, anche solo il suo nome mi faceva venire gli occhi a cuoricino. Avevo lavorato per L'Industria Buchanan nel reparto Finanza per alcuni anni, avevo iniziato subito dopo il college. Fui assunto grazie al mio migliore amico, Jeffrey Buchanan, e incontrai Tori il mio secondo giorno di lavoro. Era una delle assistenti personali degli amministratori, ma ero sicurissimo che il suo vero lavoro fosse quello di farmi accelerare il battito ogni volta che entrava in una stanza. Non sapeva nemmeno che esistessi, o mi ignorava perché pensava che fossi troppo giovane e troppo dannatamente stupido. Non aveva tutti i torti. Avevo solo ventiquattro anni, ma sapevo che i miei occhi sembravano più maturi; la maggior parte delle donne dell'ufficio parlava della mia faccia da bambino e della mia vecchia anima come due elementi che non andavano d'accordo. È risaputo che se cresci in affidamento, non sarai brillante come i bambini che hanno avuto dei genitori sani e una casa vera. Ma nessuno vuole ascoltare questa storia strappalacrime, pensai tra me e me mentre spingevo le doppie porte massicce in mogano che si aprivano sulla Sala Principale. Certo, Carter, uno dei fratelli Buchanan più grandi, nonché il capo di Tori, non aveva badato a spese per la sua assistente personale. Proprio come la sua fidanzata, Emma.

C'erano tulipani dappertutto e mi diedi il cinque da solo per aver preso l'antistaminico quella mattina. C'era una specie di tessuto trasparente e morbido sul retro delle sedie, della seta lucente sui tavoli e ovunque brillavano luci scintillanti. Persino ai miei occhi maschili, tutte quelle decorazioni erano bellissime. Belle quasi tanto quanto quella donna in piedi, circondata dai suoi colleghi, proprio al lato del tavolo degli antipasti. Dio, è così radiosa.

I suoi capelli ramati le scorrevano lungo la schiena, una vista rara e molto apprezzata per quanto riguardava il mio uccello. Indossava una camicetta viola e trasparente, dei pantaloni e quei tacchi vertiginosi ed arrapanti che mi facevano venire voglia di piangere. Gli occhi castani e profondi si chiusero in una risata mentre un idiota dell'Elaborazione Dati raccontava una barzelletta. I denti di Tori erano bianchi, perfetti, e c'era un rossore sulle sue guance che presumevo provenisse dal suo bicchiere di champagne. Qualunque cosa fosse, le stava bene. Feci un respiro profondo e cercai di comportarmi bene, lisciando la mia bionda rasatura sfumata per evitare che i capelli fossero fuori posto.

Mi mossi per raddrizzare il colletto e ricordai di non aver indossato una cravatta. Fui contento quando Jeff disse che si sarebbe trattato di un'atmosfera abbastanza informale, il che significava che indossavo ancora il mio completo blu cobalto ben stirato abbinato alla mia camicia bianca ben abbottonata. Mentre non avevo idea di cosa fosse il blu cobalto, sapevo invece che le donne fissavano di più i miei scuri occhi blu oceano quando indossavo il completo. Speravo che Tori non fosse impenetrabile al fascino di quel colore. Oh, chi vuoi prendere in giro, Wyatt?

Da completo sfigato quale ero, mi avvicinai al tavolo degli antipasti, con fare da cagasotto, e cominciai a salutare i miei colleghi piuttosto che la festeggiata. Parlai del più e del meno, cercando di strisciare impercettibilmente vicino al suo piccolo gruppo di donne, sperando di girarmi al momento giusto per incrociare il suo sguardo. Venni distratto per un momento da Carter ed Emma che si erano fatti strada nel mio gruppo per salutare tutti. Emma era bellissima – quasi solare come Tori, e Carter teneva possessivamente la propria mano sulla sua vita.

Mentre sognai ad occhi aperti, per una frazione di secondo, di essere in quella stessa posizione con Tori, Carter ed Emma interruppero la loro conversazione e mi fissarono. Scuotendo la testa, mi allontanai dal mio piccolo viaggio mentale e tornai alla realtà. Comportati in maniera naturale, Wyatt!

"Tutto bene, Wyatt?" Chiese Emma, posandomi gentilmente un braccio sulla spalla.

"Sì, sto bene, ho solo bisogno di mangiare, penso", mormorai avvicinandomi al cibo. L'ultima cosa di cui avevo bisogno era che la gente pensasse che sarei svenuto. Carter ridacchiò e mi fece l'occhiolino sciocamente, lanciando un'occhiata a Tori.

"Probabilmente la festeggiata ti sta aspettando per salutarti, Wyatt. Porta il tuo culo laggiù", mi grugnì, e sentii il mio viso avvampare. Cazzo, il tuo capo sa che hai una cotta e tu sei un dannato senzapalle che non agisce! Mi ripresi un po', feci un cenno a Carter e mi diressi verso Tori. Comunque, progettai la mia traiettoria in modo d'aggirarla nel caso in cui avessimo stabilito un contatto visivo e avessi perso il coraggio.

Ma proprio mentre mi stavo avvicinando alla distanza di sicurezza, sentii le sue amiche iniziare a fare dolci versi ed esclamazioni davanti al cellulare di una collega. Questa stava mostrando loro tutte le foto del suo neonato e non potei fare a meno di sorridere. Cosa posso dire? Amavo i bambini. Decisi di lasciare che le signore commentassero ancora un po' quelle foto prima di fare il mio soave ingresso, così feci una curva intorno al gruppo e mi diressi verso gli spuntini.

Davo le spalle al gruppo e stavo aspettando il momento giusto per voltarmi e salutare, quando ad un tratto sentii Tori prendere un respiro profondo. Espirò e dichiarò, "Ho deciso di rivolgermi ad una banca del seme. Questo è il mio regalo per me, per il mio trentesimo compleanno. Avrò un bambino – non ho bisogno di nessun uomo." Le donne si presero un paio di secondi per raccogliersi prima che tutte le si chiudessero attorno con congratulazioni e finte lodi.

"È così coraggioso da parte tua!"

"Sarai sicuramente una bravissima madre!"

"Wow, questo è un grande passo. Che bella notizia!" Tutte quelle donne erano sciocccate tanto quanto me, ma per ragioni ovviamente diverse. Probabilmente pensavano che crescere un bambino fosse stranamente difficile - anche con un compagno – ma io non riuscivo a fare a meno di chiedermi perché diavolo volesse un donatore di sperma. Un vero uomo le avrebbe dato dei figli e l'avrebbe aiutata a prendersene cura. Sentii l'uomo primordiale che era in me spingermi un po' nel petto al pensiero di un tizio casuale che stava per spargere il suo seme sul territorio che avevo rivendicato. E una delle cose che volevo di più al mondo era avere una famiglia - una vera famiglia. Una famiglia che non mi avrebbe mai abbandonato. E ora anche Tori la voleva, ma da sola.

Mi resi conto di essere sconvolto più del dovuto. Pensavo di avere ancora qualche mese - o forse persino anni - per corteggiare Tori, per dimostrarle che avevo sei anni meno di lei, ma che non ero come gli altri ragazzi. Fanculo! Era tutta colpa mia; pensavo di avere tempo. In ufficio le avevo sentito dire, più volte, che aveva chiuso con gli uomini, ma non immaginavo volesse un bambino senza qualcuno al suo fianco. Mi ricomposi abbastanza per irrompere nel bagno degli uomini, sperando con tutto me stesso che non si vedesse tutta la mia agitazione.

Una volta entrato in bagno (ridicolmente ricoperto di marmo scolpito), mi assicurai che tutte le cabine fossero vuote prima di rimproverarmi. "Sei un idiota, Wyatt! Avresti dovuto agire prima. Avresti dovuto dirle quello che provi, e fottertene del problema dell'età. Ora lei si divertirà con la pipetta da inseminazione e tu sarai costretto a startene con l'uccello fra le mani!"

Emisi un grande gemito di disgusto, tenendo le mani fra i capelli mentre camminavo avanti e indietro. Lanciai un altro sospiro lungo e doloroso e mi voltai verso il lavandino. Sistemandomi i capelli, mi guardai dritto nello specchio e sentii le cazzate che avevo commesso cominciare a bollire appena sotto la superficie.

Quando avevo incontrato Jeff al college, era stata pura fortuna. Per un pelo ero riuscito ad entrare al college, ma in quel periodo ero disagiato e solo. Mi ero fatto il culo per prendere quella laurea e ho incontrato Jeff durante il mio ultimo anno d'università. Nonostante i miei sforzi per rimanere sulla buona strada, però, essere il figlio illegittimo di un fallito e tossicodipendente aveva i suoi lati negativi. Ero completamente smarrito, anche se avevo lavorato così duramente per tirare avanti e sembrava, almeno dall'esterno, che ci fossi davvero riuscito.

Ma il primo giorno in cui vidi Victoria Elliott, il mio secondo giorno di lavoro presso l'Industria Buchanan, pensai: "È lei. Questa è la ragazza che darà un senso alla mia vita. Lo farò per lei." E anche se non sembrava sapere della mia esistenza, lavoravo ogni giorno un po' più duramente per diventare una persona migliore, per lei. In modo che un giorno, avrebbe alzato lo sguardo da quella maledetta fotocopiatrice e avrebbe visto un uomo, non un ragazzo. Un uomo che fosse degno di lei.

E adesso stava per essere fecondata da uno spermatozoo spremuto a freddo con le gambe nelle staffe di una qualche clinica. Invece che fra le braccia di qualcuno che l'amava, che voleva condividere la propria vita con lei. Qualcuno che voleva diventare padre.

Lanciai un'ultima occhiata a me stesso e mi dissi: "È tempo di andare, Preston. Ricomponiti. È tempo di toglierti la mano dal cazzo e tenere Tori lontana dall'idea dell'inseminazione." Mi voltai per uscire dal bagno in marmo e mi imbattei in un uomo anziano che, apparentemente, spuntò dal nulla. Espulsi tutta l'aria che avevo nei polmoni e diventai rossissimo, aveva sicuramente sentito tutto il mio monologo delirante. Meeerda.

Mi guardò con gli occhi coperti dalla cataratta e con le sopracciglia che sembravano bruchi e disse: "Tutti noi dobbiamo farci un discorso d'incoraggiamento di tanto in tanto. Vai a prenderla, ragazzo."

Sei un dannato perdente, Preston, pensai passando di fianco all'uomo e ringraziandolo. Mi scrollai di dosso quell'incontro con Padre Tempo e mi diressi verso la Grande Sala per andare a prendermi la mia futura mamma. Avrei trovato il modo di convincerla che la banca del seme non era l'unica opzione. Devo trovare un modo, pensai accelerando il passo. Mi rimane poco tempo.

CAPITOLO SECONDO

Tori Elliott

Mi resi conto che non avrei mai dovuto dire alle colleghe di lavoro che mi sarei rivolta alla banca del seme nel momento stesso in cui le parole mi uscirono bocca. Guardai tutti i loro volti passare dallo shock alla pietà, fino a un palese giudizio, e ormai il danno era fatto. Mantieni la calma, Tori.

"Beh, chissà se riuscirò a rimanere incinta? Con quel coglione del mio ex non ci riuscivo mai e ora sono contenta di non aver provato la fecondazione in vitro. È solo che non voglio arrivare ad essere una quarantenne single e senza figli, tutto qui." Mi guardai intorno, cercando di racimolare le ultime tracce della mia dignità.

Alcune di loro mi guardavano con simpatia ma, da brave attrici, cominciarono a guardarsi intorno o a dare un'occhiata ai loro smartphone. Sei riuscita a spaventare tutti, e brava la festeggiata. Alzai gli occhi autocommiserandomi e sollevai il bicchiere di champagne sulle mie labbra. Almeno adesso puoi sbronzarti per bene, cercai di consolarmi e mi voltai per andare a prendere una deliziosa polpetta di granchio al tavolo degli antipasti. Camminando sui miei bei tacchi, mi imbattei in perché-no-Wyatt, il ragazzo del reparto finanziario con la faccia da bambino che era l'unico uomo nella mia lista del "Perché no?".

Dopo la separazione, avevo fermamente giurato di evitare gli uomini, ma decisi che avrei fatto un'eccezione per quel bel pezzo di ragazzo. Era alto quasi due metri, programmato per sbaragliare la competizione nel guadagnarsi da vivere, e bellissimo in un completo casual italiano. Oltre a tutto ciò, riusciva ad indossare la stessa identica tonalità blu brillante dei suoi occhi, e i suoi capelli erano sfumati da una rasatura precisa. Perché-no-Wyatt sembrava appena uscito da una copertina di Playboy, ma la parte migliore era che non lo sapeva nemmeno. Dovetti mordermi il labbro per non sospirare. Era passato così tanto tempo dall'ultima volta in cui ero andata a letto con qualcuno.

Quello schifo di fidanzamento era finito perché alla fine avevo capito che non c'era futuro con Henry. Avevo anche scoperto che amava sé stesso (e le altre donne) un po' più di quanto amasse me. Eravamo stati insieme per sei anni, e negli ultimi tre eravamo ufficialmente fidanzati. Ma non aveva mai provato a fissare una data, non aveva mai voluto parlare del matrimonio. Finii con l'evitare quell'argomento con le mie amiche, non volevo crearmi false aspettative perché non sapevo se sarebbe mai successo.

E poi, un giorno, lo vidi scoparsi l'estetista dall'altra parte della sala, e anche allora non ebbi le palle di scaricarlo. Ma, per fortuna, ci pensò lui. Pensavo che sarebbe stata un'infatuazione e che lui sarebbe tornato strisciando indietro, ma scoprii da mia madre, che adorava ricordarmi la mia condizione di single, che quei due cretini si erano fidanzati. Dopo solo sei settimane insieme. Credo fossi *io* quella che non voleva sposare. Gemetti un po' a quei tristi pensieri e improvvisamente mi ricordai di Wyatt, che era rimasto lì per almeno trenta secondi.

"Uh... hey, Wyatt. Come stai? Grazie per essere venuto," farfugliai, cercando di non far notare che ero appena tornata da un viaggio mentale molto doloroso. Sembrava piuttosto preoccupato per la mia salute mentale, aveva le sopracciglia sollevate per la preoccupazione, o forse per la sorpresa.

"Ehi, Tori. Buon compleanno, gli addobbi sono splendidi, "disse indicando la grande stanza intorno a noi.

"Sì, sono bellissimi. Avevo detto a Carter di essere sobrio, ma lo conosci. Tutto questo è un tantino esagerato, ma è davvero un bel gesto", dissi guardando Carter ed Emma. Erano abbracciati e sentii un'ondata di affetto per i miei amici. Proprio mentre stavo per voltarmi verso Wyatt, notai Carter alzare lo sguardo, fissare Wyatt al mio fianco e fargli l'occhiolino. Wyatt si avvicinò, un po' a disagio, accanto a me e io mi voltai per guardarlo. La sua bellissima pelle abbronzata era arrossata proprio sulle punte delle sue guance, come un bambino che era stato a giocare al freddo.

Mentre lo guardavo, i suoi occhi passarono dal blu scuro a un'ombra di ghiaccio e la sua schiena si raddrizzò. All'improvviso sembrava un uomo in missione e non avevo idea di cosa dire. Proprio mentre cominciavo a guardarmi intorno per darmi alla fuga, toccò a me arrossire dalla testa a piedi quando Wyatt parlò.

Aprì la bocca e disse: "Ho sentito quello che hai detto a Joanne e alle altre colleghe. A proposito della banca del seme. Mi piacerebbe offrirti un'alternativa." All'inizio sentii la rabbia montarmi dentro e farmi accaldare. Come osava origliare! Ma poi mi resi conto che in quel momento ero proprio vicino al luogo verso il quale tutti si dirigono durante una festa – il cazzo di tavolo del buffet. Cazzo, spero che nessun altro abbia sentito, pensai, stavolta analizzando Wyatt con più attenzione.

Vidi che era diventato un po' più rosso sulle sue guance, ma non per l'imbarazzo. Per l'eccitazione, forse anche sessuale. Il suo corpo era girato verso il mio e sembrava che stesse stringendo le mani per trattenersi dal toccarmi. A quel pensiero, mi sciolsi un po'. Chi l'avrebbe detto che Perché-No-Wyatt mi trovasse attraente? Avevo sempre pensato che non mi avesse mai notato. Ero solo una delle assistenti degli amministratori e ovviamente un po' più grande di lui. Ai ragazzi di solito piacciono quelle più giovani, non quelle più mature, no?? In ogni caso, Perché-No-Wyatt mi aveva offerto un'alternativa alla banca del seme: non poteva essere serio. Ma poi mi dissi di nuovo... diamine, perché no?

Mi stupii di me stessa quando raddrizzai la mia colonna vertebrale e lo guardai dritto negli occhi, il mio color nocciola contro il suo blu. "E cosa proponi, Wyatt Preston?" I suoi occhi si accesero quando il suo nome mi rimbalzò sulle labbra e, pur sforzandomi di controllarmi, non potei fare a meno di pensare che mi sarebbe piaciuto guardare i suoi occhi su di me mentre mi spogliavo. Volevo sentire il suo sguardo sui miei capezzoli, sulle mie cosce, sul mio sesso. Calma laggiù, ormoni, mi rimproverai fra me e me.

Mentre continuavamo a fissarci l'un l'altro, divenne chiaro quale fossa la sua alternativa alla clinica dello sperma. Lui, pensai. Si stava offrendo. Certo, offriva solo sesso, non aveva intenzione di fare e crescere un figlio. Probabilmente ha appena visto questa come la giusta occasione per infilarsi nelle mie mutandine. Tuttavia, non ero riuscita a rimanere incinta con Henry - anche senza contraccettivi. La clinica per lo sperma era probabilmente la mia unica possibilità di scavalcare la mia infertilità. Ma questo lui non deve saperlo, mi disse il diavoletto che era in me, poggiato sulla mia spalla. Potrà tranquillamente pensare di essere un buon samaritano e tu ti godrai un bel giretto per i tuoi focosi trent'anni.

Mi schiarii la gola e i suoi occhi si spostarono verso l'incavo del mio collo, mentre io inghiottii un gemito sensuale. Oh sì, sicuramente si divertirà a guardarmi mentre mi toglierò i vestiti di dosso. "Tori, io ..." iniziò Wyatt, guardandosi furtivamente attorno come se stesse per condividere il più grande segreto del mondo. Si avvicinò a me e mi portò le mani ai fianchi, i suoi enormi palmi si posarono sul tessuto scivoloso della mia camicetta viola preferita. Sentivo le fiamme leccarmi le ossa dei fianchi, scendendo verso la curva del mio culo, fino a quei tacchi che sembravano supplicare "Qualcuno per favore mi scopi".

"Dal momento in cui ti ho visto ho avuto una voglia matta di portarti a letto", sbottò, e io per poco non caddi sulle mie ginocchia tremolanti, mentre il mio sesso pulsava in tutta risposta. Santo cielo, quelle erano le parole più eccitanti che avessi mai sentito. Continuavo a sbattere le palpebre, a inghiottire furiosamente, e poi cercai di riprendermi.

"Ed è il tuo compleanno. Quindi mi piacerebbe farti un piccolo regalo. Beh, non piccolo. Voglio regalarti una notte del sesso migliore della tua vita. Questo è tutto. Questo è il mio regalo per te." Sentii un sorriso allargarsi sul mio viso mentre le parole uscivano dalle sue labbra perfette e lussureggianti, e annuii prima di pensare troppo.

"Sembra il miglior regalo di compleanno di sempre", risposi e fui ricompensata dal suo sorriso super lucente e bianchissimo. Ci sorridemmo a vicenda come due stupidi ragazzini, e un po' ci sentivamo davvero come se lo fossimo.

Wyatt , però, di colpo smise di sorridere, e mi guardò con una serietà che non mi aspettavo dopo un tale sorriso. "C'è solo una piccola cosa", disse, e sentii il mio stomaco contrarsi. Ha cambiato idea. Vuole ancora usare il preservativo. Gli piace vestirsi con abiti femminili e farsi sculacciare... qualcosa del genere. Sembrò leggermi nel pensiero e mi mise le mani sulle spalle, massaggiando delicatamente i muscoli.

"Ehi, ehi, stavo cercando di essere divertente, non volevo spaventarti. L'unica brutta notizia, questa sera, è che dobbiamo trovare un modo per sfuggire a questa stanza piena di colleghi in modo che tu possa... sai... scartare il tuo regalo di compleanno", sorrise maliziosamente verso di me. Mi rilassai visibilmente e cominciai a sbirciare furtivamente per la stanza.

"C'è un'uscita laggiù, dietro quella grande palma," gli sussurrai, mentre eravamo spalla contro spalla. Sembravamo niente di più che un paio di colleghi che parlavano del tempo, mentre in realtà stavamo progettando la nostra fuga sessuale.

"Uno di noi dovrebbe andare in bagno, l'altro dovrebbe uscire di soppiatto. Se ci vedranno uscire insieme, desteremo qualche sospetto. Specialmente se stiamo via per un po'," Wyatt si voltò per sussurrarmi quell'ultima parte nell'orecchio e sentii i brividi scendermi fino in fondo alla spina dorsale. Sarà davvero il miglior sesso della mia vita.

"Andrò ad 'incipriarmi il naso nel bagno al piano di sopra. Ci vediamo lì - è nell'ala nord ed è dietro un mucchio di alberi finti, quindi forse la gente lo trascurerà se avrà bisogno di usare il bagno," gli dissi mentre ridacchiava. Sentii un certo feeling con Perché-No-Wyatt. Evidentemente entrambi ci eravamo divertiti nel pianificare quella bella fuga.

Afferrai la sua mano maschile per un secondo, accarezzandogli il pollice prima di allontanarmi. Aveva dei calli sulle mani, cosa strana per un ragazzo del Reparto Finanza, ma cazzo se era bono. Sentii la sua mano tesa mentre raggiungevo il polpastrello del pollice e lo pizzicai un po' - giusto un assaggio di quello che sarebbe successo in seguito, pensai. Lo guardai attraverso le mie ciglia, contenta di avere i capelli davanti al viso per nascondere il rossore. Ci guardammo e mi rallegrai del fatto che nessuno fosse vicino a noi, si poteva tagliare la tensione con un coltello.

Facendo un passo avanti, mi guardai attorno e vidi che tutti erano abbastanza impegnati nelle loro conversazioni. Chiudendomi alle spalle le porte massicce che davano sull'atrio, avevo occhi solo per la scalinata davanti a me. Quando, ad un tratto, uno dei miei colleghi più anziani, Frank, entrò nella mia visuale, emisi un sospiro ben udibile.

Togliti di mezzo, Frank, non ho tempo per te!

Proprio mentre stavo per rallentare per parlargli dell'emergenza del naso da incipriare, Emma e Carter si intromisero per salvarmi la giornata. Le mie sopracciglia si sollevarono in un'espressione sorpresa e poi incontrai lo sguardo di Emma, i suoi occhi scintillavano di malizia. Arrossii e mi morsi un labbro, cercai di evitare la faccia di Carter, ma lo vidi comunque. Il sorriso gli andava da un orecchio all'altro e riuscii a sentire l'inizio della sua grassa risata. Sanno che mi farò una sveltina con Wyatt! È davvero imbarazzante.

Ma quel pensiero non mi fermò; semmai, mi spronò. Dammi una fottuta storia avvincente per il mio trentesimo compleanno, Dio. Questo è tutto ciò di cui ho bisogno. Una fottuta storia avvincente che possa consolarmi quando sarò una madre single che non riesce a rimediare un appuntamento. Mandai la mia silenziosa preghiera al cielo e salii sui gradini tappezzati, grata che la moquette attutisse il ticchettio dei miei tacchi. Raggiunsi l'ala nord, completamente concentrata sulla porta del bagno, e portai il mio culo sodo verso quella stanza, senza alcuna esitazione.

CAPITOLO TERZO

Tori

Chiusi la porta e mi spostai verso l'angolo opposto, controllando le cabine mentre passavo. Ce n'erano solo tre in questo bagno; probabilmente veniva usato principalmente dal personale in quanto non aveva superfici ricoperte eccessivamente di marmo o cabine di legno finemente intagliato. Comunque, era accogliente e c'era una piccola poltroncina nell'angolo - cercai di non scatenarmi con pensieri eccitanti su cosa avrei potuto farci insieme a Wyatt. Dove cazzo è Wyatt? Pensai, mentre pensavo di spogliarmi prima che mi raggiungesse.

Le mie mutandine erano fradicie e, per una volta, non ero imbarazzata per la risposta del mio corpo a quella situazione. Sono gli ormoni, mi rassicurai. In realtà era il pensiero di quell'uomo voglioso al piano di sotto che mi sbatteva contro il freddo muro di gesso con il suo uccello, ma non cambiava molto. Proprio mentre cominciavo a preoccuparmi, la porta si spalancò e mi fermai. Wyatt entrò, con la faccia rossa e gli occhi pieni di desiderio.

"Scusa, quel vecchio, Frank, mi ha chiesto se sapessi dove fosse sua moglie," sorrise mentre chiudeva la porta e chiudeva a chiave. Quel movimento mi confermò che la sua giacca era stata cucita perfettamente e che, se nascondeva i muscoli della sua schiena, mostrava molto bene il suo sedere. Mentre si voltava verso di me, non potei fare a meno di sentire quel feeling, quella connessione. Non mi sentivo a disagio, mi sentivo soltanto pronta.

"Ora mi prenderò il mio regalo, signore," dissi, tendendo le mani in quel modo che speravo sembrasse da ragazzina innocente. Si avvicinò a me, con l'aria di un uomo che stava per perdere il controllo. I suoi occhi oceanici erano in realtà selvaggi, scintillanti. Allungò una mano per prendere le mie e le strinse forte. Spostò entrambe le mie piccole mani delicate in una delle sue grandi mani e portò l'altra sul mio collo. Wyatt mi tirò a sé, non brutalmente, ma con una forza tale da farmi capire a cosa stesse pensando.

"Baciami, Victoria," implorò, e io ero non me lo feci ripetere due volte. Schiusi le mie labbra per lui e il suo viso indugiò per un altro atroce secondo prima di abbassarsi. Chiusi gli occhi, le nostre labbra si toccarono e sentii un brivido scorrermi giù per la gola, dritto verso i miei seni. I miei capezzoli si indurirono e la mia schiena si inarcò, premendo il seno contro il suo petto, in modo piuttosto disperato. Non mi era mai successo prima.

Non posso dire per quanto tempo il bacio andò avanti. Minuti? Mesi? So solo che quando le nostre labbra si separarono, il mio viso era pieno di rossori, i miei capelli erano aggrovigliati, ed ero abbastanza sicura che avrei avuto bisogno di un nuovo paio di mutandine. Dio, sono così pronta. I miei occhi si aprirono e sentii il suo sguardo sul bottone più alto della mia camicetta. "Togliti la camicia," ansimò, eccitato tanto quanto me. Abbassai lo sguardo sul mio busto e non potei fare a meno di notare il rigonfiamento che si era formato tra noi, i suoi pantaloni attillati color cobalto che non riuscivano a nascondere la sua erezione.

Quella vista mi accese ancor di più, e quasi mi strappai di dosso, con dannata forza, la camicia, per cercare di avvicinarmi a lui, per sentire la mia pelle sulla sua. Nel momento in cui la mia maglietta colpì il muro dietro di noi e scivolò sul pavimento, sentii il suo sguardo infuocarsi. Quella mattina avevo deciso sfacciatamente di non indossare il reggiseno – mi ero detta: "Avrò anche trent'anni, ma le mie tette sono ancora quelle di una venticinquenne" - così me ne stavo lì, ferma, con le tette all'aria, esposte al fresco.

Wyatt sembrava aver appena vinto il jackpot e stesse per trascinarmi nella sua caverna. Le sue narici si accesero e il colore della sua faccia si accentuò. Il suo petto si allargò e mi afferrò i fianchi con forza, tirandomi verso sé. I suoi occhi non si erano mai staccati dal mio seno, dal mio stomaco, dalla curva dei miei fianchi. Non mi ero mai sentita così sexy, e non ero nemmeno completamente nuda!

Gli occhi di Wyatt scattarono su per incontrare i miei e si morse un labbro. "Ti voglio scopare Tori, ma ci tengo a farti sapere che penso tu sia la donna più bella che abbia mai visto. L'ho pensato fin dal primo giorno che ti ho vista," si fermò mentre le sue mani si muovevano sul mio viso, spingendo indietro i miei capelli ramati e spettinati così da poter guardarmi negli occhi.

"Ma adesso basta con le chiacchiere. Togliti i pantaloni o lo farò io per te."

Ridacchiai un po' a quel pensiero, passando davvero per una ragazzina con una cotta. Cominciai ad indietreggiare, ondeggiando coi fianchi mentre mi avvicinavo alla poltroncina. Abbassai la zip dei pantaloni e mi mossi con disinvoltura, nel modo più sexy possibile, senza cadere, i miei occhi color cioccolato non lasciavano mai quelli blu di Wyatt. Tenni addosso le mie mutandine, anche se completamente fradicie, lasciando cadere i miei pantaloni intorno ai miei tacchi sexy. Me li tolsi e stetti di fronte a Wyatt, con le mie mutandine di raso fucsia, tacchi a spillo neri e nient'altro. Non mi ero mai sentita tanto desiderata in vita mia.

Wyatt mi stava fissando proprio come pensavo che avrebbe fatto quando eravamo nella sala principale; come se fosse un uomo in fiamme e io l'unica fonte di acqua. Come se non avesse mai visto nulla di così meraviglioso. E mi sciolsi completamente. Mentre stavo per fare un passo fuori dai miei tacchi a spillo, lui grugnì: "Quelli li tieni". Gli sorrisi e feci una piccola giravolta.

"Ti piacciono questi tacchi provocanti, vero? Bene, li terrò, ma solo se ti sbrighi a darmi quel regalo di cui mi parlavi- " mi saltò addosso prima ancora che potessi finire. Le sue mani callose mi afferrarono per i fianchi e poi si spostarono sul culo. Me lo strinse con forza e poi sollevò il mio corpo stringendolo al suo. Le nostre labbra s'incontrarono di nuovo e lui mi strinse ancora più forte, costringendomi così ad avvolgere le mie gambe intorno alla sua vita.

Fece esattamente quello che avevo sempre sognato ad occhi aperti: mi spinse contro il muro opposto alla porta e, quando il freddo rivestimento in legno toccò la mia pelle, sussultai. Il freddo costrinse i miei capezzoli a indurirsi ancora di più e, quasi come se Wyatt riuscisse a percepirlo, o forse lo sentì davvero attraverso la giacca, i suoi occhi guizzarono e sorrise maliziosamente. Mi guardò mentre la sua bocca si spostava verso il basso. Si fece largo lungo il mio sterno, affondando la faccia nella valle tra i miei seni. I suoi baci caldi si trascinarono sul capezzolo sinistro, dove il bottoncino rosa implorava di avere la sua bocca.

Quest'ultima mi fu improvvisamente addosso, succhiando dolcemente, e io inarcai ancora di più la mia schiena, rendendomi conto che quel movimento metteva la sua cappella proprio sul mio ingresso. Oh Dio. Notò anche questo contatto e spinse i suoi fianchi verso l'alto per incontrarmi.

"Se continui così, inzupperò anche i tuoi pantaloni", sospirai mentre si avvicinava al mio capezzolo destro. Mi guardò, un po' confuso. Abbassò lo sguardo e capì cosa volessi dire: le mie mutandine erano da buttare. Gocciolavo e, consapevole di questo, gemette e appoggiò la testa sulla mia spalla destra. "Cazzo, Tori, non riesci a darmi tregua, vero? Hai ancora qualcos'altro di sexy da svelarmi?"

Risi contro la sua guancia e mi scusai per i miei modi sconsiderati. Le mani ruvide sul mio culo si avvicinarono al mio interno coscia, e io mi raddrizzai, tesa.

Le sue mani continuarono a chiudersi sul mio sesso, non ero mai stata così vicina alla combustione in vita mia. Le sue dita finalmente incontrarono il raso delle mie mutandine e poté sentire l'umidità da sé. Wyatt quasi ringhiò, sembrava che stesse per perdere il controllo. Sentii un lieve strappo, poi le mie mutandine caddero a terra.

Il suono e la sensazione delle mutandine che si strappavano furono divertenti in un certo senso, e i miei fianchi cominciarono a sfregarsi su di lui, per portare il mio sesso contro la sua mano, costringendolo a toccarmi di più. Spostò bruscamente una mano sulla mia spalla e utilizzò il suo stesso petto per stringersi meglio al mio, contro il muro. Wyatt era totalmente al comando, e cazzo se era eccitante!

"Non muoverti," mi ordinò lasciando andare il mio culo, e i miei tacchi toccarono il pavimento con un clic. Per un attimo rimasi delusa dal fatto che non mi stava spingendo contro il muro, ma poi vidi che stava solo armeggiando coi suoi pantaloni. Non appena ha aprì la fibbia, i bottoni e la zip, il suo cazzo saltò fuori, pronto a divertirsi. Le mie ginocchia si indebolirono alla vista delle vene che correvano un lato, alla punta perfettamente sagomata che precedeva tutta la sua lunghezza.

Mentre ammiravo quell'opera divina, mi afferrò di nuovo per i fianchi e sollevò tutto il mio peso con una sola presa. Avvolsi le gambe intorno a lui, più veloce di quanto mi credessi capace, e lo afferrai bruscamente con le mie braccia, avvicinando i nostri corpi. Lo baciai con foga, sapendo benissimo che entrambi avremmo avuto difficoltà a nascondere il nostro incontro ravvicinato una volta tornati al piano di sotto.

Eppure, non me ne frega proprio niente, pensai, mentre sentivo il suo cazzo stuzzicare il mio sesso e ci esploravamo a vicenda. Strinsi la presa sul suo collo e inarcai la schiena in modo che i miei capezzoli sfiorassero il tessuto della giacca - quella rugosità mi faceva fremere. Le mani di Wyatt erano ancora sui miei fianchi e notai di sfuggita che la sua presa era stretta, tanto da lasciarmi dei lividi - oh bene. Tolsi le mie mani dal suo collo per portarle sul suo petto, intromettendomi con forza sotto la sua giacca color cobalto. *Levati di dosso questa cazzo di camicia!*, era tutto quello che riuscivo a pensare, e apparentemente Wyatt recepì il messaggio.

Entrambi ci muovemmo per tirarlo fuori dalla giacca e io dovetti darmi da fare, sganciando freneticamente i bottoni. Finalmente riuscii a slacciare l'ultimo bottone e a tirargli via con forza la camicia, con un po' di fiatone. Aveva qualche pelo chiaro qui e lì sui pettorali, chiaro come i suoi capelli. Ma Dio, i suoi muscoli. I suoi pettorali erano sodi, scolpiti e portavano direttamente agli addominali definiti, senza essere intimidatori. I muscoli delle sue braccia si incresparono mentre continuava a reggere il mio peso e la spinta del suo bacino mostrava la sua V, la quale mi faceva venire voglia di leccargli tutto il corpo.

E sotto quella V c'era il suo cazzo, che sporgeva tra noi, come una sfida in attesa di essere accettata. Stando in quella posizione, sarebbe stato impossibile riuscire a contenere tutta la sua lunghezza dentro di me - erano stati sei mesi solitari. Ma mentre i nostri occhi si incontravano un'ultima volta, sapevo che ci saremmo divertiti a provare a farlo entrare. Le nostre labbra si incontrarono delicatamente un'ultima volta mentre le sue braccia mi sollevarono ancora più in alto, spostandomi in modo da poter appoggiare il suo cazzo sulla mia entrata. Nel preciso istante in cui i nostri due corpi si incontrarono, la scintilla ci accese.

Loro fecero il resto, e io mi appoggiai contro il muro mentre cominciava ad entrare. Ci fu una frazione di secondo, una specie di pizzicotto, una specie di pressione, e poi un senso di liberazione dopo l'entrata definitiva. Il suo cazzo era caldo, così caldo, e così profondo dentro di me che sentii la tensione sciogliersi rapidamente. Gemmemmo entrambi rumorosamente e ci riposammo l'uno contro l'altra, e agitai un po' i fianchi per cercare di sistemarmi meglio sulla sua lunghezza.

"Non penso ci entrerà tutto", sussurrai nel suo orecchio, contorcendomi in modo poco femminile. Gemette come se stesse cercando di soffocare le mie parole e il suo corpo si schiantò contro di me, facendo capire che riusciva a malapena a controllarsi. Rimasi a bocca aperta mentre continuava a scivolare dentro di me, e si inclinò indietro per fissarmi. I nostri occhi si incontrarono e si fissarono, mentre usava la forza del suo braccio per muovere il mio corpo su e giù sul suo cazzo, con l'angolazione giusta per toccare il fascio di nervi sensibili in fondo alla mia fica.

Sentivo il mio corpo irrigidirsi mentre continuavamo a fissarci l'un l'altro, quel momento era così intimo da sbalordirmi completamente. Il pensiero delle persone al piano di sotto, che magari si chiedevano dove fossimo, mi balenò brevemente nella mente, ma fu subito affogato da un'altra spinta del cazzo di Wyatt. Le mie gambe volevano allargarsi per accoglierlo di più e, come se mi avesse letto nel pensiero, Wyatt spinse forte dentro di me, togliendomi il respiro.

Il suo cazzo colpì in pieno quel fascio di nervi e, insieme alla forza di quella spinta, fu sufficiente per scatenare in me un climax inaspettato. Mi irrigidii, strinsi i denti e avvolsi le mani attorno al suo viso.

"Wyatt, sto per venire," ansimai, fissandolo mentre sentivo il formicolio risalirmi la schiena, passare per le mie braccia, e di nuovo scendere fino al clitoride. Quella reazione lo spronò e mi sbatté ancor più forte, creando attrito contro il mio clitoride. Continuò a martellarmi, lentamente all'inizio, e poi più veloce quando sentì il mio sesso stringersi attorno a lui.

Non rallentò, e io ero a malapena appoggiata alla sua spalla mentre cominciavo a sentirmi debole. Il suo cazzo sobbalzò bruscamente dentro di me e la consapevolezza che stava per venire mi fece perdere il controllo. Raggiungemmo il culmine insieme, spingendoci l'uno contro l'altro in una frenesia che era sia animalesca che intima. Il suo seme mi riempì, la sua eiaculazione continuò a lungo, più di quanto mi aspettassi. Il caldo era intenso, così intenso, e ne ero grata.

Crollammo uno sull'altro, io ancora col suo cazzo dentro di me, appoggiata al muro. Wyatt indietreggiò, tirandolo fuori lentamente, così da poter godere entrambi della sensazione.

"Grazie", sussurrai, guardando in alto, attraverso le sue ciglia, per incontrare i suoi occhi. "È stato davvero il miglior regalo di compleanno di sempre." Sorrise come un ragazzino, sembrando timido e lusingato allo stesso tempo.

"Se può farti sentire meglio, anche per me è stato il miglior regalo che abbia mai ricevuto," sussurrò Wyatt. Rimanemmo in silenzio mentre mi rimetteva giù e mentre cercavamo i nostri vestiti sul pavimento. Erano tutti sgualciti come un foglio accartocciato e i miei capelli erano un groviglio super intrecciato - non sarei mai riuscita a lasciare quel country club senza che tutti se ne accorgessero.

Proprio mentre stavo per chiedere a Wyatt di farmi uscire di nascosto in modo che nessuno potesse vedermi in quelle condizioni pietose, qualcuno bussò. Wyatt scattò per nascondersi dietro la porta, mentre io balzai per girare la chiave, aprirla e sbirciare attraverso la fessura.

Tirai un sospiro di sollievo - era solo Emma che, gentilmente, accorreva in nostro aiuto con dei piccoli regali. Una spazzola per capelli, una maglietta pulita e un po' di deodorante. "Avevo queste cose a portata di mano, sai ... nel caso in cui ti servissero," spiegò, e io arrossii dalla testa ai piedi. Afferrai il suo braccio per ringraziarla silenziosamente prima di sbatterle quasi la porta in faccia e mi sfilai la camicia viola sgualcita. Indossai la nuova camicetta rosa che Emma mi aveva portato e mi pettinai i capelli alla svelta.

Per tutto quel tempo Wyatt mi osservò in silenzio, fissandomi, come se non riuscisse a credere a quello che avevamo fatto. Nemmeno io ci riuscivo. Mi passai il deodorante sotto le ascelle e rimasi davanti allo specchio per vedere in che condizioni fossi. Il mio trucco era leggermente sbavato, ma tutto sommato stava bene - quell'aspetto sensuale, della serie "sono appena stata scopata" che avevo sempre provato ad ottenere, ma sempre invano. Devi scopare per ottenerlo, Tori.

"Sei ancora più bella di prima," dichiarò Wyatt, appoggiato contro il muro. "Non pensavo fosse possibile, ma è come se splendessi."

"Non fare troppo lo spiritoso, campione," gli sorrisi di rimando. Mi voltai per guardarlo e mi avvicinai alla porta.

"Beh, credo che dovremmo tornare di sotto," dissi guardandolo con desiderio. Non volevo davvero andarmene, ma erano passati almeno quindici minuti e la gente avrebbe cominciato a notare la mia assenza." Che ne dici se io entrassi dall'uscita del Gran Salone e tu passassi per l'entrata? Possiamo fare così, farò finta di essermi buttata dello champagne sulla camicia e di averne dovuta cercare una nuova".

"Per me va bene," disse Wyatt, sembrando ancora meno desideroso di me nel far scoppiare la nostra piccola bolla. Mi sorrise, ma con aria un po' triste, come un cucciolo con gli occhioni dolci, e mi fece alzare sulle dita dei piedi per farmi posare un dolce e delicato bacio sulle sue labbra.

"È stato davvero il miglior regalo che io abbia mai ricevuto, Wyatt. Grazie ", dissi e aprii la porta.

Emma era in piedi nell'atrio e scendemmo insieme in fondo alle scale, trattenendo le risatine lungo il tragitto. Dopo pochi secondi, però, sentii le scarpe eleganti di Wyatt martellare rapidamente sul tappeto: ci stava inseguendo! Mi voltai ed Emma, gentilmente, continuò a camminare per lasciarci soli. Alzai gli occhi su Wyatt, perplessa, e lui mi afferrò in un bacio deciso e sexy. La sua lingua si aggrovigliò attorno alla mia e respirò contro le mie labbra, "Sai, di solito una sola volta non basta per fare un bambino. Vieni a casa mia stasera," mi pregò.

E mi ritrovai a sorridere, annuire e baciarlo di nuovo. "Verrò a casa tua quando avremo finito qui."

Mentre Emma e io tornavamo di nuovo nel Gran Salone, sentendoci come delle ragazzine che tornavano di soppiatto in casa dopo una notte di festa, diedi una rapida occhiata a Wyatt dietro le mie spalle. I nostri occhi si incontrarono nello stesso istante e dovemmo entrambi voltarci per nascondere i nostri sorrisi.

Regalo di compleanno, secondo round... arriviamo.

CAPITOLO QUARTO

Wyatt

Mi svegliai, mi sentivo irrigidito e dolorante nei posti giusti, mentre per il resto ero sciolto e rilassato. Un sorriso mi balenò in viso spontaneamente, nemmeno me ne accorsi, mentre mi girai e vidi Tori sdraiata accanto a me, coi suoi capelli ramati sparsi sulle mie lenzuola. Le coperte non riuscivano a nascondere l'elegante curva del suo corpo e i capezzoli dei suoi seni, che si sporgevano all'infuori in modo seducente, quasi a voler dire "strizzaci". Decisi di lasciare a quella bella creatura ancora un po' di tempo per riposare e lentamente mi alzai dal letto, cercando di non smuoverlo troppo. Le porterò la colazione a letto. Allora forse mi concederà più di un'unica notte. Mentre mi avviavo verso la cucina, coi piedi nudi che si muovevano silenziosamente per l'appartamento, il sorriso che avevo sul viso si allargò. Sono riuscito a portarmi Tori Elliott a casa. Non sapevo nemmeno se pensasse a me come a qualcuno con cui fare qualcosa in più di una semplice scopata, ma quello era un ottimo inizio. Era tutto ciò di cui avevo bisogno.

Mentre strapazzavo le uova, friggevo la pancetta e preparavo il caffè, non potei fare a meno di pensare che quello sembrava proprio l'inizio di qualcosa... di grande. Come se ci fossi davvero riuscito, come se avessi ottenuto quello che avevo sempre desiderato. Forse avrebbe funzionato sul serio. Sentii Tori scendere dal letto ed entrare nel bagno accanto alla cucina, poi lo scorrere dell'acqua. Il pensiero che stesse entrando in doccia mi fece eccitare, il mio cazzo s'indurì mentre portai il cibo dai fornelli al tavolo. Decisi di non raggiungerla, se non altro per dimostrarle che non ero un completo animale.

Uscì dalla doccia dopo pochi minuti e venne a tavola con indosso una maglietta che doveva aver trovato nel mio cassetto. Normalmente, se una donna avesse rovistato nella mia roba dopo una sola notte, la cosa mi avrebbe infastidito, ma la vista di Tori con la mia maglietta bianca suscitò in me qualcosa di forte. Mia! Mia! Mia! Gridò il mio lato cavernicolo a cui concessi un momento di gloria.

Tori si guardava attorno, apparentemente sconvolta dalla gran pulizia della stanza. Ero orgoglioso del mio appartamento semplice ma di classe. Avevo fatto un enorme sforzo per non vivere nelle pessime condizioni in cui ero cresciuto, il che era difficile in quel mercato immobiliare, persino per le mie entrate finanziarie. Il denaro non può comprare tutto, ma può comprare le comodità. Gli occhi di Tori smisero di vagare per l'appartamento e si posarono su di me. Mi sentii sciogliere solo alla vista del suo sguardo color cioccolato ed espirai dolcemente. Sporgendomi in avanti, sul tavolo, strinsi le sue mani fra le mie.

Mi guardò le braccia, il petto e il busto scoperto. Il calore le inondò immediatamente il petto e il viso - non indossavo una maglietta e, apparentemente, apprezzava il panorama. Ti piace quello che vedi, non è vero? Pensai mentre mi ritraevo per allargare il suo campo visivo fino in fondo alla mia tuta, che non nascondeva affatto la mia erezione. Si imbarazzò, seduta, e si morse il labbro. Decisi che sarebbe stato meglio darmi una calmata, prima che la colazione diventasse fredda, così mi misi a sedere e le strinsi di nuovo le mani.

"Ho preparato la colazione," aggiunsi a fatica, indicandole i vari cibi sul tavolo.

Ebbe l'accortezza di farmi un sorriso e disse: "Lo vedo bene! Sembra tutto delizioso, Wyatt, grazie." E prese a rifocillarsi. Non pensavo ci fosse qualcosa di più sexy che guardare una donna mangiare senza un briciolo di imbarazzo, e Tori era la più sexy. Anch'io feci piazza pulita, complimentandomi con me stesso per le mie abilità nella frittura della pancetta. Mandando giù le ultime gocce del suo caffè, Tori mi guardò timidamente. "Grazie per ieri sera e per questa notte, Wyatt. È stato... davvero fantastico. E non dico tanto per dire, sono seria. Grazie."

Guardai in basso, in modo timido, onorato dalle sue lodi. Cosa avrei dato per sentirglielo dire ogni giorno! Involontariamente, mi balenò in testa l'idea che potesse andarsene. E se non avesse voluto vedermi di nuovo o stare insieme a me in quel modo? Dovevo fare qualcosa per convincerla a restare, per farle capire, speravo, che ero un brav'uomo. E che potevo essere suo.

Trovai il coraggio di schiarirmi la gola e, in silenzio, dissi: "Sai... potrebbero volerci più di due volte per fare un bambino. Chissà se finora abbia funzionato. Probabilmente dovremmo provare di nuovo, solo per essere sicuri."

Tori iniziò a giocherellare con il tovagliolo, guardandosi la pancia. Dopo pochi secondi, però, la sua timidezza si sciolse nello sguardo di una splendida dea del sesso, e mi scrutò attraverso le sue ciglia.

"Perché no?" Rise alle sue stesse parole, alludendo ad una battuta che apparentemente non mi era familiare, e si mise in piedi. Con un movimento rapido, si diresse verso il mio divano marrone in micropelle, mi tolse la maglietta e si inginocchiò sul pavimento.

"Beh, che aspetti?" mi sfidò, mentre io, stupefatto, me ne stavo ancora seduto a tavola. Ma in pochi secondi mi alzai e mi tolsi i pantaloni. Quando fui vicino a lei, mi sporsi in avanti e afferrai la sua faccia brutalmente. Quando le nostre labbra si incontrarono, le lingue si intrecciarono e la baciai con tutte le mie forze. Il calore nei nostri corpi e nelle nostre bocche cominciò a crescere e, nel giro di pochi secondi, le nostre labbra furono gonfie e livide. Ti farò proprio una bella impressione, una di quelle che lasciano il segno.

Feci scorrere dolcemente le mie braccia lungo la sua schiena, senza diminuire la mia spinta in avanti, e l'afferrai per le spalle per girarla verso il divano. I suoi fianchi si appoggiarono al bordo, i suoi seni sul sedile del divano, e il suo culo glorioso fu in bella vista.

Senza tante cerimonie, le allargai di più le gambe, ottenendo un più libero accesso al suo sedere, al suo sesso, all'arco della sua schiena e alle sue cosce. Lei si dimenava, cercando o di aprirsi o di nascondersi dalla vista, non ero sicuro.

"Calma, Tori, voglio solo godermi il panorama." A quelle parole, la sua pelle divenne calda e io sorrisi. Si mosse di nuovo, si irrigidì ed emise un sospiro. Diede una sbirciatina sulla sua spalla sinistra e mi vide lì, a fissare il suo sedere e le pieghe del suo sesso. I nostri sguardi erano vulnerabili e tuttavia eccitati, una combinazione speciale che mi faceva sentire quel legame, lo stesso che avevamo avuto nel bagno del ristorante. Funzioniamo alla perfezione. Stiamo bene insieme.

"Wyatt?" chiese Tori, con fare indifeso e leggermente insicuro. I suoi capelli si erano sciolti lungo la schiena, erano così lunghi che le accarezzavano la vita e si trascinavano lungo i fianchi, nascondendo la vista delle sue tette rotonde e perfette. Mi diedi uno scossone e mi avvicinai, lasciandomi cadere completamente sulle ginocchia dietro di lei. Le mie mani le sfiorarono i talloni, i polpacci e le cosce, e si posarono sul suo sedere. Riuscivo a sentire il suo respiro accelerare mentre stringevo la mia presa per allargarle il culo con una mano. L'altra mia mano si fermò saldamente sul mio cazzo.

Mi diressi dritto verso il suo sesso, e la mia durezza incontrò la morbidezza delle sue profondità in un modo che quasi quasi fece venire entrambi. Inarcò il culo per incontrarmi, mentre io portai il mio petto verso il basso, fino a giacere sulla sua schiena. Sospirammo insieme per un momento. Approfittai appieno dei suoi muscoli rilassati per entrarle dentro rapidamente, con una spinta decisa. La risposta del calore del suo sesso fu così piacevole che sentii quasi un ruggito crescermi in fondo alla gola - Dio, il sesso non era mai stato così bello prima di quel momento.

Con la nuova angolazione, il mio uccello non ebbe problemi a scivolare completamente dentro di lei, a riempirla fin in fondo. La punta del mio cazzo batteva contro la parte finale del suo canale, e io scivolavo dentro e fuori, lentamente all'inizio, ma poi sempre più veloce. Presto, dovetti aggrapparmi ai i suoi fianchi, reggendomi a lei mentre spingevo sempre più forte.

Presto il piacere della scopata raggiunse il punto critico e tutte le terminazioni nervose del mio corpo si irrigidirono, pronte ad esplodere. Mi sporsi in avanti verso Tori, allungandomi verso di lei e prendendole entrambe le tette fra le mie grandi mani callose. Il contrasto era sorprendente; pelle morbida contro pelle ruvida, tenera contro dura. Tenevo i suoi seni morbidi e pieni stretti, tanto stretti fra le mie mani, e appoggiai la testa contro il suo collo, lasciandole una scia di baci bagnati dietro l'orecchio e alla base del suo cranio. Spinsi ancora due volte, il mio uccello colpì ancora la parte superiore del suo canale, così forte che realizzai che avrebbe avuto difficoltà a uscire da casa mia. Bene, disse il mio lato cavernicolo.

Tori soffocò il suo viso contro il tessuto del divano, presumibilmente per impedire a sé stessa di urlare. Improvvisamente sentii la tensione dentro di lei sollevarsi di scatto, sentii il suo sesso stringersi attorno al mio. Improvvisamente, anch'io ebbi il bisogno di urlare, e mi sporsi in avanti per ansimare contro i suoi capelli, premendo la mia bocca sulla sua pelle. Mentre la baciavo sul collo, la sentii cadere a pezzi, i muscoli delle sue braccia si aggrapparono al divano con tutte le loro forze. L'orgasmo cominciò a risalire il mio cazzo e io diedi un'ultima spinta verso di lei, stringendomi col collo e le braccia. La schiena e i polpacci mi si bloccarono quando raggiunsi l'orgasmo, e sentii un'ultima ondata di energia attraversarmi.

"Tesoro, vieni insieme a me. Per favore, vieni con me, voglio sentirti venire dentro di me" gemette Tori, e sentii un'ondata di pura virilità alla parola "tesoro". Esaudii subito la sua richiesta, inclinandomi all'indietro un'ultima volta per afferrarle i fianchi. Mi scatenai e spinsi con forza due, tre, quattro volte, più forte che potevo, prima di collassare su di lei.

Sentii il calore della mia eiaculazione riempirla e calmare il fuoco in entrambi, rilassandoci più di quanto ogni orgasmo avesse potuto fare. Mi sentivo sazio, rilassato e completo. Come se prima stessi cadendo a pezzi e i nostri orgasmi avessero rimesso insieme quei pezzi. Sentii Tori emettere un sospiro profondo e sciogliersi in una pozzanghera sul divano mentre il mio peso si posava sulla sua schiena.

Tracciai lentamente alcuni cerchi sulla sua schiena prima di sollevarmi e staccarmi da lei. Quel movimento fece sospirare entrambi, e il suo sesso si strinse attorno a me, chiaramente scontento del mio abbandono. Mi spostai indietro e guardai Tori, sdraiata e distesa sul mio divano. La fissai un secondo più a lungo, facendole capire che mi piaceva vederla distesa, con le gambe aperte e gocciolanti davanti a me.

Mia! Mia! Mia! Ecco di nuovo l'uomo delle caverne... e poi tornai coi piedi per terra. Sicuramente pensava che quella fosse solo una mattinata di divertimento, niente di più. Non voleva un bambino con me. E le avevo appena promesso una notte di ottimo sesso sfrenato senza vincoli. Non c'era motivo di rimanere per lei.

Sapevo che era così, eppure ancora mi colpiva un senso di rimpianto. Mi diedi uno scossone e mi misi in piedi per guardarla. I suoi capelli erano un disastro totale, aggrovigliati e increspati in quella maniera. La sua schiena luccicava di sudore e mi resi conto che anche il mio petto era bagnato. Tori sembrava stanca, calma e felice e io mi inginocchiai per accarezzarle i capelli e darle un dolce bacio sulla sua fronte.

Devo solo continuare a provare. Un giorno capirà che sono l'uomo per lei.

CAPITOLO QUINTO

Tori - 3 settimane dopo

Riagganciando sentii tutto il peso della situazione addosso. Sapevo che il malessere mattutino non si sarebbe stabilizzato per qualche altra settimana, ma mi veniva da vomitare. Avevo appena cancellato il mio appuntamento alla clinica dello sperma. Sarebbe stato inutile, con tre test di gravidanza positivi poggiati sul bagno del lavandino di casa mia. Sembrava proprio che le mie sveltine con Wyatt avessero dato i loro frutti. Era il regalo di compleanno che avrebbe continuato a darmi.

Avrò un bambino, pensai. Ancora e ancora sentii quelle parole risuonarmi in testa, e non potei fare a meno di avvertire un piccolo, triste sorriso attraversarmi il viso. Diventerò mamma, pensai, e il sorriso si allargò. Certo, avrei dovuto dirlo a Wyatt, ma non pensavo ci fosse posto per lui in quella storia. Era solo una notte di divertimento per lui; non aveva intenzione di farmi rimanere incinta.

Il dubbio che potesse davvero volere di più mi attanagliava. Nelle ultime settimane, aveva provato a chiamarmi, a lavoro era dolce e premuroso ogni volta che mi incontrava. Comunque, non ci lasciavamo andare nelle nostre interazioni, poiché non volevamo che tutti sapessero di noi. Non sapevamo nemmeno se quella nostra specie di storia – o qualunque altra cosa fosse – avesse potuto metterci nei guai. E continuavo a pensare che non mi avrebbe più frequentata una volta saputo del bambino. Probabilmente non pensava nemmeno che la nostra notte insieme avesse funzionato!

Cazzo, io pensavo anche di non poter rimanere incinta! Realizzai, con fare distaccato e ironico, che doveva essere stata l'infertilità di Henry a darci problemi. Feci una smorfia di gioia a quel pensiero, sperando che la sua nuova futura moglie lo avesse già capito. Mi scrollai di dosso quei pensieri, sentendo l'amarezza abbandonarmi il petto. Diventerò madre. Avrò un bambino.

Camminai lungo il corridoio, usai il bagno e riordinai un po' i pensieri mentre mi lavavo le mani. Mi guardai allo specchio e capii che dovevo dirlo al mio capo, Carter, prima che i sintomi diventassero troppo evidenti. Non ero preoccupata di essere licenziata - quell'uomo avrebbe perso tutti i suoi affari se non fosse stato per me. Ma avevo paura di affrontare quella discussione, sapendo che Carter era al corrente della mia prima notte con Wyatt.

I fratelli Buchanan potevano anche volermi bene, ma avevo pur sempre fraternizzato con un collega. In quel momento, capii con chi avrei dovuto parlare. Jeffrey, il capo della Reparto Finanza, nonché migliore amico di Wyatt. Almeno mi avrebbe dato qualche prospettiva su come gestire Carter e i dirigenti, e avrebbe anche potuto aiutarmi a capire come dirlo al suo amico.

Superando diverse stanze e dirigendomi verso l'ufficio di Jeff, mi domandai per quanto tempo ancora avrei potuto indossare i miei tacchi. I miei piedi si sarebbero gonfiati, giusto? Avrei avuto mal di schiena e non sarei stata in grado di portare quelle cazzo di scatole pesanti piene di carta. Un passo alla volta, mi dissi mentre bussavo alla porta di Jeff. "Avanti," gridò da dietro al vetro opaco della porta.

Entrai, e lui si girò sulla sedia, coi capelli neri e mossi perfettamente arruffati. I suoi occhi erano di un verde intenso e mentirei se dicessi che non avevo pensato di inserirlo nella mia lista del "Perché No" nel corso della giornata. Ma Jeff era come un fratello minore per me, e il suo modo di fare era troppo giocherellone per i miei gusti. Respirai profondamente e raddrizzai la schiena, pronta ad affrontare quella sfida.

"Ehi Jeff, avrei un paio di... insolite... domande da chiederti. Riguardo Wyatt Preston," aggiunsi, guardandomi i piedi e desiderando di essere inghiottita dal pavimento.

Si mise a sedere meglio e cadde in un ghigno giocoso, "Cosa è successo con Wyatt? Ha fatto qualcosa?" Questa risposta mi confuse, ma cercai di concentrarmi sulla missione da portare a termine.

"No, no, non ha fatto niente. Avrei solo un paio di domande su di lui. Co-come persona," dissi. "Io e lui, beh ... diciamo che abbiamo legato al mio pranzo di compleanno e volevo solo sapere cosa pensassi di... noi. Non voglio mettermi nei guai con i Fratelli Buchanan," dissi mentre mi spostavo per prendere posto sulla sedia di fronte a lui.

"Beh, lavorate in diversi dipartimenti, Tori, quindi non dovrebbero esserci troppi problemi. Dovrai solo rimanere professionale, lo sai. Niente sveltine in bagno", aggiunse con un occhiolino e io quasi morii per l'imbarazzo. Wyatt gli ha parlato della festa! Della nostra sveltina! Ero mortificata e Jeff se ne accorse. Fece finta di sbiancare e sembrare scioccato, ma si riprese rapidamente.

"Io-io non sapevo che... fosse successo davvero. Wyatt non mi ha detto nulla, stavo solo scherzando!" Balbettò. Dovetti trattenere una risatina per quanto entrambi sembrassimo imbarazzati, e mi concentrai sul raddrizzare la schiena ancora un po'. "Jeff, voglio solo sapere di Wyatt. È un bravo ragazzo? Vorrebbe una storia? Una relazione seria?"

Gli occhi di Jeff si addolcirono e fui certa che la sua amicizia con Wyatt significasse moltissimo per lui. "Sai, è stato in affidamento tramite gli assistenti sociali. Suo padre se ne andò quando lui aveva tre anni e, alla fine, sua madre, una puttana drogata di crack, perse la custodia. Ne ha passate davvero tante. Quando ci siamo incontrati all'università, pensavo fosse solo un ragazzino aggressivo che odiava il mondo. Ma ho avuto modo di conoscerlo, ed è una delle persone più forti, gentili e altruiste che abbia mai incontrato. Saresti fortunata ad averlo al tuo fianco."

Cominciai a giocherellare ossessivamente con le dita e guardai in basso, sentendo le lacrime pungermi gli occhi. Avevo sentito qualcosa sul passato di Wyatt, ma non riuscivo a immaginarlo come un bellissimo ragazzino biondo senza genitori e nessuno che lo amasse. Respinsi le lacrime, determinata ad ottenere le risposte per le quali ero andata lì.

"Ed io? Lui... mi v-vorrebbe?" Non riuscivo a credere alla vulnerabilità nel mio tono, alla totale debolezza che sentivo mentre aspettavo quel giudizio. Presi un respiro tremolante e tornai a guardare Jeff. La solidarietà che vidi nei suoi occhi quasi mi fece a pezzi, e Jeff disse semplicemente: "Wyatt ha raramente desiderato qualcosa tanto quanto te. Non smette mai di parlare di te. L'unica cosa di cui parla di più è il voler una famiglia. Quell'uomo ha la peggior fissa per i bambini che io abbia mai visto, e non sapevo che fosse possibile in un uomo" aggiunse, senza capire l'effetto che quelle parole avevano su di me. Sentii una sensazione agghiacciante e potente irrigidirmi la colonna vertebrale e improvvisamente desiderai di non essere mai entrata nell'ufficio di Jeff. Ma Jeff continuava a parlare.

"Fin dal nostro primo anno al college, tutto ciò di cui parlava era avere una famiglia tutta sua. Diceva che voleva avere una famiglia il più numerosa possibile e che avrebbe mostrato ai suoi figli cosa fosse l'amore. Non se ne sarebbe mai andato come aveva fatto suo padre. Ricordo che tutte le ragazze che abbordava al college erano solite sciogliersi a quelle parole. Le donne amano queste stronzate, vero?"

Sembrava come se mi stesse crollando il mondo addosso, dato che questa rivelazione aveva messo un nuovo filtro su tutto ciò che io e Wyatt ci eravamo detti.

"Ho un'alternativa."

"Ci vuole più di una volta per fare un bambino."

Tutte quelle piccole e dolci premure, tutte quelle cose che pensavo avesse detto per poter dormire con me... tutte mi mostravano la vera natura di Wyatt. Mentre analizzavo i miei pensieri, non riuscivo a ricordare nemmeno una sua frase sul voler stare insieme a me. Aveva detto che ero bella, che voleva scoparmi, ma aveva mai detto che voleva stare con me? No.

E da sempre voleva solo un bambino. Quelle lacrime mi punzecchiarono gli occhi e mi si strinse un nodo in gola. Mi sentivo usata in un certo senso, in modo profondo, più offensivo rispetto alla convinzione che Wyatt volesse soltanto fare sesso. Io credevo volesse soltanto quello. Ma voleva un bambino. Il mio bambino. E ora ero incinta. Beh, immaginavo che entrambi avessimo ottenuto quello che volevamo. Ma allora perché mi sentivo così vuota?

Jeff stava ancora parlando, soprattutto delle loro scappatelle universitarie e di tutte le stupide cazzate che avevano fatto quando erano più giovani. Non aveva nemmeno notato la mia crisi interiore. Mi alzai bruscamente e andai rapidamente verso la porta, sperando di raggiungerla prima che le lacrime iniziassero a rigarmi il viso.

"Grazie, Jeff. È stata una chiacchierata... profonda", riuscii a dire quando aprii la porta e puntai dritto al mio ufficio. Chiusi la porta, mi appoggiai al vetro freddo e lasciai cadere le lacrime.

―――

Lavorai per tutto il resto della mattinata, sapendo che in realtà sarei dovuta soltanto tornare a casa perché non stavo combinando niente. Riordinai documenti, scrissi alcune e-mail e piansi in bagno. Tanto. Carter era misericordiosamente andato via tutto il giorno, il che significava che Emma lavorava tranquillamente nel suo ufficio. Nessuno mi infastidiva, così decisi di continuare a lavorare.

Nel giro di poche ore comincia a sentire un po' di amarezza e iniziai a concludere le cose per tornare a casa. Proprio mentre stavo inviando gli ultimissimi file sul desktop di Carter, Wyatt aprì la mia porta con quel sorriso mozzafiato sul suo stupido, fanciullesco viso.

"Ehi splendore, com'è andata la tua giornata? Ho provato a chiamarti ieri, ma non mi hai risposto, "sussurrò, chiudendo silenziosamente la porta dietro di lui. Si avvicinò alla mia scrivania e io mi alzai troppo in fretta mentre si avvicinava. Ebbi un leggero giramento di testa- tutto quello che avevo mangiato quel giorno era un po' di pane tostato e succo di frutta. Wyatt sembrò notare quella mia difficoltà e sembrò preoccupato nell'avanzare per afferrare le mie braccia.

"Va tutto bene? Vuoi che ti porti qualcosa?" Chiese, ma io mi liberai dalla sua stretta e mi avvicinai al cappotto e alla borsetta, facendo tintinnare di proposito i tacchi mentre mi muovevo.

Non volevo affrontarlo in questo momento, non volevo che cercasse di baciarmi di nuovo, e sicuramente non volevo che mi vedesse piangere. Fattene una ragione zuccherino, mi dissi mentre infilavo le mie cose nella borsa e mi voltavo verso la porta.

"Tori? Che diavolo? Tor..." Ignorai Wyatt aprendo la porta del mio ufficio e camminando lungo il corridoio, a testa alta e a passo svelto. Non mi cercherà più a lavoro, non siamo nemmeno una coppia, mi rassicurai. E invece, proprio per dimostrarmi che mi sbagliavo, Wyatt quasi sbatté la porta del mio ufficio contro il muro nella sua corsa per raggiungermi, urlando "Victoria!" mentre correva lungo il corridoio.

Bel modo per non dare nell'occhio, Preston, lo maledissi fra me e me mentre acceleravo ancora di più il passo. La gente si affacciava sul corridoio per capire il motivo di quelle urla e il mio colorito divenne di un rosso acceso. Le cose non stavano andando secondo i miei piani. Mi voltai per affrontare Wyatt e dissi: "Va tutto bene, Wyatt. Puoi continuare a vivere la tua vita, non devi preoccuparti per me."

L'espressione di confusione sul suo viso mi mandò su tutte le furie e girai i tacchi per andarmene. Anche la porta di Jeff si aprì e io inasprii il mio sguardo mentre i nostri occhi si incontrarono. Fallo smettere! Gli urlai praticamente con gli occhi, e Jeff sembrò recepire il mio messaggio. Annuì bruscamente verso di me, confuso ma ancora con fare da gentiluomo. Avanzò dietro di me, proprio mentre passavo, e le sue mani incontrarono il petto di Wyatt prima che potesse avvicinarsi a me.

"Che cazzo fai, Jeff?" Urlò Wyatt, e lo sentii provare a spingere Jeff contro il muro.

"Amico, lascia perdere. Dobbiamo farci una chiacchierata. Lasciala andare," cercò di sussurrare Jeff, ma riuscii a sentire quelle parole mentre svoltavo l'ultimo angolo dell'ufficio.

"Ma... perché?" Sentii Wyatt chiedere in modo calmo. Provai a convincermi di non averlo sentito, di non provare alcun dolore nel petto, ma la verità è che sentii tutto. Sentii ogni singola parola quando Wyatt disse: "Non capisco. Che cosa ho fatto di male?"

Niente, Wyatt. Tu non mi vuoi, tutto qui, e sentii un po' di sconforto. Caddero le lacrime mentre camminavo sul marciapiede fuori dall'ufficio e fermai un taxi. Avrò un bambino. Da sola. Proprio come volevo.

CAPITOLO SESTO

Wyatt

Jeff mi teneva ancora per le spalle, e nel farlo non mi guardava in faccia. Mi sta tenendo lontano da Tori, pensai mentre la confusione mi travolgeva. Che cazzo hai combinato stavolta, Preston? Ma in testa avevo il vuoto più totale. Non avevo la più pallida idea di cosa avessi fatto; pensavo che tutto andasse a gonfie vele. Pensavo che si stesse innamorando di me. Le stavo lasciando i suoi spazi... Cazzo! Spinsi Jeff via più violentemente di quanto volessi fare, la sua spalla sinistra colpì il muro con un forte tonfo che sicuramente gli avrebbe lasciato un livido.

"Prenditela con me se hai bisogno di sfogarti, Wyatt, ma non puoi inseguirla. Tutti in ufficio penseranno che tu sia uno psicopatico e non riuscirei a limitare i danni che causeresti alla tua reputazione. Vieni nel mio ufficio. Per favore," aggiunse, comprensivo verso il mio aspetto sconvolto. Sapevo che assomigliavo a un cucciolo appena preso a calci ma non riuscivo a fare il duro. Cazzo, se n'è andata. Tori non vuole vedermi.

Mentre chiudeva la porta di vetro opaco alle sue spalle, Jeff si appoggiò alla fredda maniglia cromata e disse: "Ti va di raccontarmi perché cazzo è successo tutto questo casino?" Respirai a fatica e iniziai a camminare - Non ne avevo idea e non sapevo nemmeno da dove cominciare.

"Tutto quello che so è che siamo stati davvero bene dal... lo sai. Dal suo compleanno. Abbiamo mantenuto un profilo basso perché non siamo sicuri della politica aziendale, ma ci divertiamo insieme. Messaggi sexy, palpatine nei corridoi, roba di questo genere. Poi oggi vengo nel suo ufficio e lei non mi guarda nemmeno. È come se avesse completamente cambiato il suo comportamento nei miei confronti in meno di ventiquattr'ore, e io non ho fatto assolutamente niente che potesse mandare tutto all'aria!" Emisi un respiro strozzato e presi a calci la sedia angolata e lussuosa di fronte alla scrivania di Jeff.

Stavo cercando qualcos'altro su cui sfogare la

mia rabbia, quando Jeff si schiarì la gola e io guardai in alto. Non voleva guardarmi negli occhi e quei capelli neri e mossi erano un po' come uno scudo tra di noi. Sembrava colpevole.

"Jeff? Che cazzo, amico? "Mi avvicinai lentamente, a testa alta e con le spalle larghe. Giurai su Dio, se ci avesse provato con Tori, l'avrei ucciso. "Che cazzo hai fatto, Jeff?" Sentii la rabbia montarmi dentro e capii che era dannatamente fortunato a trovarsi sul posto di lavoro, o lo avrei buttato a terra proprio in quel momento.

Jeff finalmente alzò lo sguardo passandosi le mani tra i capelli, inspirando ed espirando lentamente col suo naso dalla forma perfetta che stavo considerando di rovinare. "OK, allora, non arrabbiarti, ma Tori è venuta qui prima..."

"Che cazzo hai fatto, Jeff!" urlai e mi avvicinai il più possibile alla sua faccia senza batter ciglio. Non penso mi avesse mai visto così incazzato, e sembrava violento e ansioso allo stesso tempo.

"Non ho fatto niente, coglione. Levati dalla mia faccia." Feci un passo indietro ma non mollai le tecniche di intimidazione. "È venuta oggi a chiedermi di te e io le ho detto un po' di cose. A proposito di quanto sarebbe stata fortunata ad averti al suo fianco. Del fatto che hai avuto un passato difficile ma ora sei una persona seria e di sani principi. Che sei un bravo ragazzo. Questo è tutto, amico. Lo giuro."

Sospirò a lungo, chiaramente sentendosi leggermente meglio dopo questa confessione. Sono sicuro che non fosse meglio, la merda.

"Queste sono tutte cose positive Jeff. Non sono cose per le quali deciderebbe di non voler stare più con me. Cazzo, che altro hai detto? Le hai detto che stavo per toccare il fondo alla fine del college? Che cosa hai detto?" Sottolineai l'ultima domanda dandogli una forte spinta alla spalla, facendogli battere la testa contro il vetro della porta. Sembrava sul punto di spaccarmi la testa per quelle mie provocazioni, e accettai la sfida. Dai, reagisci, Jeff. Fatti sotto.

Sembrò recepire che scegliere di scontrarsi con me sarebbe stata una pessima idea e allora allargò le gambe e si mise a braccia conserte. "Le ho detto che avevi parlato di lei sin dal primo giorno, che pensavi fosse meravigliosa. Ho detto che l'unica altra cosa di cui tu abbia mai parlato così tanto erano i bambini, e quanto tu voglia una famiglia... Ma davvero, amico, nient'altro."

Jeff spalancò le braccia in segno di pentimento, senza notare minimamente la scintilla di consapevolezza che si accese in me. Bambini? Famiglia? "Jeff...

che cosa hai detto esattamente a Tori riguardo al fatto che io voglio dei bambini?"

"Ho detto che l'unica cosa di cui tu abbia mai parlato più di lei era l'avere una famiglia, che hai sempre desiderato avere dei figli tuoi, così da poter mostrare loro che cosa fosse veramente l'amore. Sono tutte cose belle, Wyatt. Non capisco, perché dovrebbero spaventarla? Tanto lei non vuole dei bambini, vero?"

"Cazzo, Jeff! Sì che lo vuole un bambino. Tipo... proprio adesso! Fra noi è cominciato tutto per questo motivo! Stava per rivolgersi alla banca del seme e io ho le offerto... un'alternativa. Ecco perché abbiamo cominciato a frequentarci. Adesso sicuramente penserà che..."

La nostra discussione fu interrotta quando qualcuno cercò di aprire la porta, la quale invece andò a sbattere esattamente contro il di dietro della testa di Jeff.

"Cazzo!" Esclamò Jeff barcollando in avanti, massaggiandosi la parte posteriore del cuoio capelluto. La porta tentò di aprirsi di nuovo, stavolta entrò Carter, in piedi dall'altra parte, e sembrava piuttosto incazzato per il fatto che gli avessimo negato l'accesso.

"Che fate qui dentro a starnazzare come due

oche? Dove diavolo è finita Tori?" domandò Carter, guardando me, poi Jeff e di nuovo me con quello sguardo duro, della serie "non scherzate con me". Gli occhi di Carter si posarono su di me in un modo che mi fece capire che ero il primo sospettato per l'uscita di Tori dall'ufficio. Mi schiarii la gola e guardai un punto poco oltre la spalla di Carter, perché ero un pollo che se la stava facendo sotto.

"Signore, non sono sicuro di dove sia andata, ma è arrabbiata con me. Devo andare a cercarla, ma non credo che mi parlerà in questo momento. Sembra proprio che ci sia stato un... fraintendimento piuttosto grave, tutto merito del mio amico Jeff qui di fianco." Sottolinei quell'ultima parte fissando Jeff a pugni stretti. Roteò gli occhi e si portò la testa fra le mani in segno di sconfitta.

"Carter, credo di aver fatto una cazzata," cominciò Jeff, guardando suo fratello imbarazzato. "Tori è venuta da me oggi chiedendo di Wyatt e credo di aver detto alcune cose su di lui che l'hanno spaventata. Pensavo fossero belle parole, la solita sviolinata che lo avrebbe fatto sembrare un ragazzo serio, ma il mio amico qui mi ha appena fatto notare il mio errore madornale." Jeff guardò suo fratello maggiore, apparendo un po' un bambino così vicino al maschio alfa che invece era Carter.

Questi ci guardò di nuovo e disse: "Non me ne frega un cazzo di quello che state dicendo, mi interessa soltanto la mia assistente. Ha lavorato per noi per un decennio e non lascerò che un ragazzino mandi l'azienda all'aria per colpa sua o per colpa nostra. Ora, quale cazzo è il problema, così magari possiamo riportarla qui?"

Stavo bruciando di un rosso acceso, sapendo che avrei dovuto confessare di avere una relazione con Tori. Non volevo metterla nei guai, ma volevo che Carter capisse che non mi sarei dato per vinto. Neanche per sogno.

"Signore, Tori e io... noi, uh... ecco, siamo andati a letto insieme. Nel giorno del suo trentesimo compleanno. Doveva essere solo un'avventura, ma penso che ci siamo innamorati l'uno dell'altra. Jeff oggi stava cercando di lodarmi agli occhi di Tori, quando lei ha chiesto di saperne di più su di me, ma alla fine le ha detto che tutto quello che voglio veramente è un bambino - una famiglia. Non una donna o una fidanzata. O una moglie."

La testa di Jeff si alzò di scatto per incontrare i miei occhi, il suo viso scioccato e teso. Si, amico. Faccio davvero sul serio. Carter mi guardò con fare scettico, scrutandomi per la prima volta da quando ero entrato nel suo ufficio per un colloquio, quasi tre anni prima. Improvvisamente mi sentii incredibilmente imbarazzato e capii quanto dovessi risultare, ai suoi occhi, un ragazzino idiota.

"Ascolti, signor Buchanan, lo so... so che Tori è importante per lei, e che lei è protettivo nei suoi confronti. So che non vuole perderla come assistente o come amica di Emma. Lo so bene, ma deve ascoltarmi. Ho bisogno del suo aiuto per andare a prenderla, prima di ritrovarmi nella merda fino al collo." Avevo le mani alzate in segno di inferiorità o forse di resa, non ne ero del tutto sicuro, e stavo raccontando tutto a quell'uomo che avrebbe potuto prendermi a calci nel culo in tre secondi esatti se avesse voluto. Ma continuò a starsene lì, con le braccia incrociate dietro la schiena, con l'aria di un padre che stava per infliggere una punizione.

"Prima di tutto, signor Preston, io non ti conosco e non mi interessa farlo. Mi interessa, invece, di Victoria. E interessa anche ad Emma, il che rende questa situazione particolarmente delicata per me. Spiegami per quale motivo al mondo meriteresti qualcuno come Tori e forse ti aiuterò ad andare da lei," finì con una leggera scrollata delle sue enormi spalle. Sfida accettata, Carter.

"Ok. Ok. Giusto," ammisi, e cominciai a

spostarmi verso le finestre panoramiche di Jeff che offrivano una splendida vista della città.

"La mia storia comincia così. Ho avuto un passato molto travagliato, okay? Mio padre sparì prima che io fossi abbastanza grande da dire le prime parole, mia mamma si sballava usando droghe ogni giorno. Non appena entrai in seconda elementare, anche mia madre non si fece più sentire e andai in affidamento. Un posto schifoso, sa?" Non guardai Carter o Jeff, continuavo a camminare e parlare.

"L'unica cosa che mi faceva andare avanti, durante quel periodo, era prendermi cura dei bambini più piccoli e più spaventati di me. Rimanevo sveglio la notte, cantando loro la ninna-nanna. Li aiutavo con i compiti. Prendevo a calci in culo i bulli che li tormentavano a scuola. Sono stati loro a darmi la forza di andare avanti".

Mi fermai e ho guardai Jeff quando dissi: "Una volta lasciato l'affidamento cominciai l'università, e quasi toccai il fondo - iniziai a drogarmi, a bere, a distruggere la biblioteca universitaria quando riuscivo ad intrufolarmi. Ho fatto tante cazzate. E tuo fratello qui mi ha recuperato e mi ha riportato sulla retta via. Poi mi lei mi ha assunto qui e durante il mio secondo giorno, in questo ufficio, mi sono imbattuto in questa donna dagli occhi splendidi e dalla camminata più sexy che io abbia mai visto."

Spostai il mio sguardo da Jeff a Carter e raddrizzai la schiena, portando il petto all'infuori. Il solo fatto di pensare a Tori mi faceva sentire... un uomo. "E mi sono innamorato di lei. Jeff mi aveva dato le chiavi del mio futuro, ed ecco il mio futuro, lei che incrociavo nei corridoi mentre si dirigeva verso la fotocopiatrice. Da quel giorno - quasi tre anni fa - sono stato pazzo di lei."

Facendo un respiro profondo, continuai. "Tori e io, noi... ehm, diciamo che abbiamo dormito insieme. L'ho sentita dire che si sarebbe rivolta alla banca del seme quest'anno, che era pronta per avere un bambino, con o senza un uomo al suo fianco." Notai che Carter aggrottò le sopracciglia: questa era chiaramente una novità per lui.

"Ora che sa quanto io l'abbia amata da sempre, penso lei possa capire perché io mi sia imbestialito. Non solo bacerei il pavimento su cui cammina, ma voglio anche una famiglia. Sembrava... troppo perfetto. Quindi mi sono fatto avanti. E ora, Tori pensa che io l'abbia fatto soltanto perché volevo un bambino più di quanto volessi lei."

Lasciai cadere la mia testa verso il basso e le mie braccia lungo i fianchi. Non sapevo minimamene come risolvere quel problema. Non sapevo nemmeno se mi avrebbe dato la possibilità di spiegare. Ma sapevo che, se avessi voluto riprendermi la mia donna, avrei avuto bisogno di Carter dalla mia parte.

"Carter, non ho mai desiderato niente al mondo più di quanto desìderi Tori, e sono disposto a fare qualsiasi cosa per dimostrarglielo. A prescindere dal bambino, io desidero lei. Soltanto lei. Devo andare da lei, amico". Terminai il mio soliloquio debolmente, guardando Jeff per rassicurarlo. Sembrava ancora sconvolto, come se non riuscisse a credere che il suo migliore amico di bevute fosse capace di un discorso tanto maturo e complesso. Grazie per il supporto, fratello.

Carter mi fissò ancora con sguardo inquisitore, concentrandosi, stavolta, più sul mio viso che sul fisico o sui vestiti. I suoi occhi vispi sembrarono riconoscere la serietà nel mio sguardo, la solennità della mia confessione. Una volta che ebbe finito, si schiarì la voce e guardò Jeff.

"Beh, fratellino, sembra proprio che, ancora una volta, tu l'abbia fatta grossa. Ti suggerisco di aiutare il tuo amico a risolvere questo casino. Preston, vai da Tori. Jeff, chiamala a casa e assicurati che ci sia."

Ancheggiai un po' nella mia eccitazione e battei

le mani, quasi inchinandomi ai piedi di Carter per mostrargli tutta la mia gratitudine. "Grazie, signore," esclamai precipitandomi come un fulmine verso la porta.

Carter mi bloccò il passaggio e si stagliò in piedi davanti a me, con tutta la sua altezza intimidatoria. "Oh, e Preston? Se fai qualche stronzata o ferisci Tori in qualsiasi modo... Sarà Jeff a licenziarti."

Fantastico, pensai, ma non potevo rimuginare troppo a lungo su quella minaccia. Tori, sto venendo a prenderti, dichiarai afferrando la giacca e dirigendomi verso la porta dell'ufficio.

CAPITOLO SETTIMO

Tori

Il vapore del mio tè turbinava intorno alla tazza, tenevo il cordoncino avvolto intorno al dito per mescolarlo di tanto in tanto. Erano passate solo un paio d'ore da quando ero uscita dal lavoro, ma era come se mi sentissi più vecchia di qualche anno, più triste di qualche decennio. In bagno c'era un altro test di gravidanza appoggiato accanto ai primi tre, faceva compagnia agli altri, mentre io pensavo a quello che avrei dovuto fare. Volevo dirlo a Wyatt. Volevo dirlo a tutti, in realtà. Ma soprattutto, volevo Wyatt. Soltanto Wyatt. E volevo che anche lui volesse me.

Le parole di Jeff continuavano a risuonarmi in

testa: non ha mai desiderato nulla tanto quanto un figlio. Riuscivo quasi a sentire le carezze, i baci e il piacere che avevamo condiviso svanire lentamente. Non contavano; non significavano niente per lui se non cercare di avere un figlio. Forse un'altra donna sarebbe stata felicissima, al mio posto, nello scoprire che il suo partner voleva un figlio, ma io volevo più di un papino. Volevo un uomo. Volevo un partner. Volevo un marito. Mi riscossi bruscamente, rifiutando di far cadere ancora altre lacrime.

Mentre oscillavo dolcemente sul mio dondolo, pensai a come sarebbe stato il tempo nove mesi dopo. Caldo, probabilmente. Soleggiato, leggermente afoso. Il bambino avrebbe dovuto indossare soltanto il pannolino per la maggior parte del tempo. Quel pensiero mi fece sorridere. Chi non avrebbe adorato il bel culetto di un bebè? Mentre pensavo a tutte le cose che avrei dovuto comprare per me e il bambino, udii un veicolo venire da dietro l'angolo.

Un SUV rosso entrò nel vialetto - l'ultimo SUV rosso che avrei voluto vedere in quel momento. Wyatt, pensò il mio cervello, e il mio corpo rispose. Le mie mani, di loro spontanea volontà, cominciarono ad allisciarmi i capelli. La mia colonna vertebrale si raddrizzò, i miei seni si misero sull'attenti. Il mio cervello mi gridava di mantenere la calma, ma al mio corpo non importava affatto. Il mio corpo lo desiderava. Anche il mio cervello lo desiderava, ma era più intelligente. Rimasi in piedi mentre Wyatt buttò la macchina nel parcheggio e balzò letteralmente via dal sedile.

Sembra sconvolto, notai mentre mi spostavo sul bordo del portico. Misi giù il tè e scrutai il suo approccio. Il suo completo nero era cucito alla perfezione, i risvoltini sui pantaloni erano appuntati elegantemente. I suoi capelli pettinati lo facevano sembrare un ragazzaccio degli anni '50, ma senza tutto quel gel, e, Dio, era così sexy. Pensai che il nostro bambino sarebbe stato bellissimo. Quel pensiero mi venne spontaneo e il mio petto si irrigidì. Probabilmente era tutto ciò che voleva. Un bel bambino da considerare tutto suo.

Mi liberai dall'impulso del pianto e diedi un'occhiataccia a Wyatt. Mentre si avvicinava ai piedi delle scale, mi resi conto che anche lui mi guardava con occhi torvi. Era furioso, ma per quale dannato motivo avrebbe dovuto esserlo?

"Perché diavolo sei fuggita via, Tori?" Chiese Wyatt, con le braccia spalancate per la frustrazione. I suoi occhi blu come l'oceano erano piatti, quasi morti. Mi sentivo in colpa per averlo fatto sentire in questo modo, ma non riuscivo a spiegarmi.

"Tori! Parlami!" Continuò a pregarmi e mise il piede sul primo gradino. L'invasione del mio territorio fece irrigidire la mia spina dorsale e dissi, "Wyatt, per favore, va' via." Sembrava leggermente scoraggiato, ma, incontrando il mio sguardo, non si arrese. Si addolcì visibilmente e abbassò le mani, tranquillizzandomi.

"Jeff mi ha detto di averti parlato, e Jeff è un idiota. Lui non sa di cosa diavolo parli e io sono qui per mettere le cose in chiaro. Possiamo parlare dentro, Tori?" Esitai mentre metteva il piede sul secondo gradino, ma poi aggiunse, sommessamente, "Per favore?"

Mi intenerii un po' a quella richiesta e mi feci da parte indicandogli la porta. Dopo di te, pensai, e Wyatt mi superò per tenermi la porta. Da bravo gentiluomo quale era. Dopo esserci seduti all'interno, lui sul divanetto vecchio di mia nonna e io sul divano grigio, più grande e più comodo, rimanemmo semplicemente a fissarci l'un l'altra. Sembrava davvero delizioso, la sua camicia grigio chiaro coi bottoni faceva miracoli con gli ampi angoli del petto e delle braccia. Io facevo schifo, ero avvolta in un vecchio poncho con una fantasia tribale e portavo i miei leggings elasticizzati preferiti. Non aspettavo visite, mi dissi a mia discolpa.

"Beh... ti ascolto, Wyatt. Sei venuto per dirmi cosa?" Mi misi comoda, cercando di sembrare distaccata e indifferente. Sembrava turbato dalla mia nonchalance, ma si schiarì la voce.

"So che Jeff ti ha detto che voglio una famiglia più di quanto voglia una donna. So che ti ha raccontato un po' del mio passato e che tutto ciò che ho sempre desiderato è diventare padre. Ma Jeff si sbagliava." Wyatt mi lanciò un'occhiata, sperando di vedere un cambiamento nella mia espressione, ma non gli diedi questa soddisfazione.

Andò avanti, "Certo, dei bambini li vorrei. Davvero tanto. Ma non ho mai desiderato di crescere dei figli da solo. Io voglio tutto ciò che è famiglia - svegliandomi accanto alla persona che amo ogni giorno. Guardando la donna che amo diventare rotonda insieme al nostro bambino. Esserci quando è in travaglio. Esserci per i primi passi. Esserci mentre cresciamo insieme e cresce anche il nostro bambino. È questo quello che intendevo quando dicevo a Jeff che voglio una famiglia. Non l'ho mai detto esplicitamente perché pensavo non ce ne fosse bisogno."

Sentii gli occhi riempirmisi di lacrime, una

piccola scintilla di speranza si rinnovava nel mio petto. Se vuole una famiglia, vuol dire che vuole... me?

"Tori, io... ho desiderato una famiglia – dico sul serio – dal primo momento in cui ho posato gli occhi su di te. Pacchetto completo. Voglio litigare con te, voglio ordinare da asporto e coccolarti sul divano. Voglio massaggiarti i piedi quando rimarrai incinta. Voglio essere quello che ti stringe se non rimani incinta. Voglio supportarti nella tua carriera. Voglio vederti spogliarti ogni notte. Voglio addormentarmi tra le tue gambe. Voglio essere tuo. E voglio che tu sia mia."

Mi fissava, i suoi occhi si spostarono dal pavimento per incontrare il mio sguardo. Non riuscivo nemmeno a dire nulla; non sapevo quali parole potessero avere importanza in quel momento. Quindi ci guardammo e basta al di sopra del mio vecchio tavolino da caffè, i nostri occhi si accarezzavano dolcemente.

Dopo qualche secondo, Wyatt si sporse più in avanti dalla poltrona e intensificò il suo sguardo sui miei occhi. "Tori, voglio che tu sappia che mi sono fatto avanti, durante il tuo compleanno, non perché tu abbia detto che volevi un bambino, ma perché pensavo fosse l'unico modo, per me, di avere una possibilità. Desidero stare con te dal primo giorno, lo sai. Il bambino sarebbe un bonus, la meravigliosa ciliegina sulla torta. Ma sei tu quello che voglio. Sei tu quella con cui voglio stare."

Fece un respiro profondo, tremando mentre si scostava i capelli dal viso. Si sfregò bruscamente le guance e gli occhi, chiaramente agitato per l'assenza di una mia risposta. Aspettò qualche altro secondo e poi si alzò in piedi, sembrando ancor più in preda al panico e confuso di quando era balzato fuori dalla macchina.

"V-vuoi che vada?" Chiese, come se il suo cuore si sarebbe spezzato lì di fronte a me qualora avessi detto di sì. Feci un respiro profondo e mi alzai, scansandomi dalla faccia i capelli lunghi e intrecciati.

"No, Wyatt. Voglio che tu rimanga. E...," Mi interruppi, non sapevo se volessi rendermi ancor più vulnerabile. Ma m'impegnai e continuai, "E voglio anche te, Wyatt. Tanto, davvero tanto," respirai e mi ritrovai a muovermi verso di lui senza pensarci. Vide il mio movimento e mi venne incontro, trascinandomi tra le sue braccia con foga. Il mio poncho incontrò la sua camicia abbottonata e sentii le nostre due personalità, i nostri due mondi, entrare un po' in collisione mentre ci stringevamo l'un l'altro. Mi sembra di essere a casa, pensai mentre ci abbracciammo per una manciata di preziosi secondi.

Wyatt si ritrasse da me per guardarmi negli occhi, la precedente tensione e l'ansia sul suo viso erano scomparsi, cancellati dalla gioia pura che vedevo ora. I suoi occhi dal blu scintillante facevano sfigurare l'acqua limpida dell'oceano e non potei fare a meno di sperare che il bambino avesse quegli occhi. Pensai di dargli la grande notizia ma, prima che potessi parlare, Wyatt mi prese la faccia con le sue mani ruvide e la sua bocca fu sulla mia prima che potessi persino riprendere fiato. Fanculo il fiato, pensai, questo è meglio dell'aria.

Ci gettammo l'uno nelle braccia dell'altra con il ritmo di una coppia molto più esperta di noi, e non potei fare a meno di sorridere. Forse siamo fatti l'uno per l'altra. La lingua di Wyatt era bollente nella mia bocca, e lui mi massaggiava il collo e il cuoio capelluto con le mani, aggrovigliandole nei capelli mentre le muoveva. Le mie mani si spostarono dalle sue orecchie alla mascella, fino al collo, trascinandosi sopra i suoi bicipiti e sugli avambracci prima di spostarsi sul suo petto. Il calore della sua bocca era diventato rovente e riuscivo a pensare soltanto a mantenere il contatto con la sua pelle per rinfrescarmi.

Mentre cominciavo a sbottonargli la camicia, smise di baciarmi per guardarmi attraverso le sue ciglia folte e dorate. "Sei sicura? Non dobbiamo per forza. Io... voglio dimostrarti che non si tratta solo di questo. Sei tu che mi interessi," concluse, accarezzandomi amorevolmente con le sue mani sulla mia schiena e sulle mie braccia. Sorrisi in modo seducente, sentendo l'autostima che avevo perso davanti alle parole di Jeff tornare da me.

"Beh, c'è più di un modo per dimostrarmi che ti interesso", ridacchiai mentre lo trascinavo per le braccia nella mia cucina. Camminai all'indietro e spostai le mani sui suoi bottoni, la sua vecchia spavalderia tornò per un secondo - quella stessa spavalderia che ci aveva spinti nel bagno del country club solo poche settimane prima. Dio, sono cambiate così tante cose! Mi chiesi brevemente cos'altro sarebbe cambiato nei mesi a venire, ma tornai al presente mentre intravedevo quello che era il meraviglioso corpo di Wyatt.

La pelle scolpita e abbronzata spuntò da sotto i suoi bottoni e io divenni impaziente. Strappai i due lati della camicia e fui premiata con una pioggia di bottoni bianco perla sparsi sul pavimento della mia cucina. Wyatt rise con un breve ma sciocccato ringhio e mi guardò con ammirazione.

"Hai appena rovinato la mia camicia preferita, signorina Elliott," disse tirandomi a lui. Mi restituì il favore sfilandomi il poncho dalla testa, e posò lo sguardo sulla piccola bralette in pizzo che indossavo sotto. Giuro che riuscivo a sentire il calore del suo sguardo illuminarmi il busto, i seni, i capezzoli... fino in fondo al mio ombelico e all'area appena sopra i miei pantaloni. I suoi occhi ardenti erano un'imperdibile meraviglia – sembrava la danza del fuoco blu.

"Oh, signorina Elliott. È troppo formale," lo presi in giro, e, improvvisamente, sentii un brivido mentre i suoi occhi si irrigidivano e il suo viso diventava serio. Cazzo, bel modo di rovinare il momento, Tori! Wyatt sembrò pensare velocemente per qualche secondo, i suoi occhi viaggiavano avanti e indietro tra i suoi pensieri. Annuì a sé stesso e si discostò da me. No, no, no, non fermarti!

Lo fissai, perplessa, e fui ricompensata con ancora più confusione quando Wyatt si inginocchiò davanti a me. Appoggiò la sua testa al mio stomaco e fece un respiro profondo prima di guardarmi attraverso le sue lunghe ciglia bionde.

"Tori, devo chiederti una cosa" sussurrò, sembrando terrorizzato. Un vago senso di consapevolezza mi fluttuò dentro, e spostai le mie mani su ciascun lato del suo viso. Cosa vuoi dirmi, Wyatt? Si sporse per baciarmi entrambi i palmi delle mani e si spostò per infilarsi la mano in tasca, tirando fuori una piccola scatolina grigia. Santo cielo.

"Wyatt, cos..." Provai ad interromperlo, ma lui cominciò a parlare.

"Tori, questo è l'unico oggetto che mi rimane del mio passato, e non è niente di speciale. Giuro che ti regalerò un anello diverso quando avrò più tempo. Ma questo era di mia madre e voglio sia un simbolo della mia vita con te. Voglio che tu lo indossi, sapendo che non desidero nient'altro tanto quanto te. Che sei tu quella che mi fa andare avanti e che mi invoglia ad essere un brav'uomo." I suoi occhi erano luccicanti e assolutamente strazianti mentre estraeva l'anello dalla scatola.

Le sue mani tremavano mentre mi infilava l'anello dorato sull'anulare sinistro e rimasi senza parole, sorpresa nell'immobilità. "Tori, vuoi diventare mia moglie? Vuoi rendermi l'uomo più felice del mondo? Mi faresti l'onore di farti chiamare Signora Preston?"

Un singhiozzo mi esplose dal petto mentre cadevo in ginocchio di fronte a Wyatt. Per tutto quel tempo avevo pensato che volesse soltanto una botta e via, pensavo di non valere niente per lui. Non avevo mai capito che provasse un'emozione così forte, o che mi desiderasse dal suo primo giorno di lavoro. Tutte ciò di cui ero stata ignara per tanto tempo mi si si posò addosso e mi commossi fino alle lacrime. Afferrai Wyatt in un abbraccio e annuii con forza sulla sua spalla, incapace di parlare.

"S-S-sì", mi ripresi, balbettando sul suo collo, tirando su col naso mentre mi spostavo per incontrare i suoi occhi. La faccia di Wyatt si illuminò in un modo che desideravo poter vedere all'infinito, ancora e ancora. Sprizzava da tutti i pori gioia pura, la quale ci avvolgeva in quella piccola bolla, la nostra bolla. Avrei fatto qualsiasi cosa per vedere quest'uomo felice ogni giorno per il resto della mia vita. I nostri petti riposavano insieme l'uno sopra l'altro e, tornando a noi stessi, mi resi conto che eravamo entrambi seminudi nel corridoio.

"Wyatt, portami di sopra," dissi affannosamente. Sorrise compiaciuto, baciando il nuovo anello d'oro che mi rimaneva largo sul dito. Mi aiutò a rialzarmi, mise le sue mani sulla curva del mio culo e mi sollevò senza fatica. Ancora una volta, avvolsi le mie gambe attorno alla sua vita affusolata e portai la carne del mio seno quasi nudo contro il suo petto. Le nostre bocche tornarono alle loro postazioni, baciandosi appassionatamente senza troppa preoccupazione nel prendere respiro. Mentre i nostri corpi cominciavano a muoversi insieme ad un ritmo sensuale e intimo, Wyatt avanzò un passo alla volta, senza mai rompere il contatto con le mie labbra o con la mia pelle.

In cima alle scale, Wyatt riuscì ad aprire la porta della mia camera da letto con una sola mano e mi gettò sulla mia trapunta in ciniglia beige con una disinvoltura assolutamente virile e, ovviamente, super eccitante. Rimase fermo sopra di me, con l'evidente rigonfiamento nei suoi pantaloni affusolati, e sussurrò con massima tranquillità, "Togliti i pantaloni, Tori."

E io lo feci.

CAPITOLO OTTAVO

Wyatt

Non appena entrammo nella sua camera, sentii il mio lato cavernicolo prendere il sopravvento. Questa donna, quest' intellettuale, eloquente e radiosa donna aveva appena detto "Sì". Sì ad essere mia moglie, sì a prendere il mio cognome. Sì a essere mia. Stavo per esplodere, mi aveva reso così felice. E poi, mentre giacevamo lì, dopo aver fatto l'amore, capii che quello era l'inizio del per sempre.

Non riuscivo a nascondere il mio sorriso mentre rotolavo su Tori, coi suoi capelli castani intrecciati fra le mie mani. Glieli tolsi dal viso per guardare quegli occhi di mogano che sembravano solo trasudare energia - la sua energia - e mi chinai per baciarle il naso, le guance, il mento.

"Mi hai reso così felice, Tori," dissi sulle sue labbra mentre le tenevo aperte con le mie. Il nostro bacio fu dolce, sazio dopo aver fatto l'amore. Eravamo semplicemente stretti l'uno all'altra. Mi accarezzò delicatamente le braccia, chiudendo gli occhi alla sensazione della nostra pelle che si toccava. Abbassai lo sguardo sui suoi seni, entrambi caldi contro la parte superiore del mio busto e ammirai il modo in cui si curvavano. L'angolazione dell'anca sinistra era ben visibile sotto di me, e spostai la mano per tracciarne la linea. É semplicemente perfetta, pensai.

Mentre tornavo con le mani ai suoi capelli, i suoi occhi marroni si aprirono per guardare i miei e non potei fare a meno di chiedermi, se avessimo avuto un bambino, i suoi occhi sarebbero stati marroni o blu? Quel pensiero mi fece sorridere e mi alzai, pronto a reidratarmi e procurarmi del cibo.

"Hai fame? Io sì. Potremmo andare in quel piccolo barbecue in fondo alla strada... ". Mi interruppi quando entrai nel suo piccolo bagno principale per alleggerirmi. Mi misi sul water e catalogai mentalmente tutti i posti in cui poter cenare mentre terminavo l'operazione, poi mi spostai per lavarmi le mani.

"Potremmo provare quel nuovo posto tailan..." Cominciai a dire, ma poi mi bloccai quando i miei occhi si posarono sul lavandino. Ma, che cazzo? Proprio accanto al rubinetto di bronzo c'erano dei test di gravidanza; quattro piccoli segni più, blu, tutti in fila. I segni più significavano... Mi voltai per correre verso la camera da letto, ma Tori era in piedi appena fuori dalla porta del bagno, sembrando sia mortificata che speranzosa.

"Che cazzo, Tori? Questi sono...?" Non riuscivo a finire la frase. Sapevo che erano test di gravidanza e sapevo che erano positivi. Guardai ripetutamente i test e poi Tori, cercando di far connettere il cervello a quella notizia. In pochi secondi, ricollegai tutto. Ecco perché è scappata. Ecco perché era così arrabbiata quando Jeff le aveva detto che volevo solo dei bambini.

"Lo sapevi? È per questo che sei corsa via? Pensavi che avrei voluto solo il bambino e... Non te?" Riuscii a dire, avvicinandomi a lei. Le lacrime riempivano i suoi meravigliosi occhi e odiavo vederci dentro del dolore. "Tori, perché non me l'hai detto? Da quanto tempo lo sai?"

Il suo labbro inferiore tremò mentre le lacrime

scendevano goccia dopo goccia dai suoi occhi color cioccolato, e io mi avvicinai per asciugarle via. Feci un passo avanti per prenderle il viso tra le mani, sfregandole le guance in modo confortevole con i polpastrelli del mio pollice.

"Tesoro, dimmi cosa stai pensando," la supplicai, sperando che quella scoperta non annullasse tutti i bei momenti che avevamo appena condiviso.

"Ho fatto tre test ieri. Avevo un ritardo di circa 6 giorni e non mi succede di solito, quindi... ho semplicemente fatto il test. E poi stamattina ho chiamato la clinica delle inseminazioni per cancellare il mio appuntamento. Non avrebbe alcun senso adesso... ", cercò di sdrammatizzare, ma non ci riuscì del tutto. "Poi ho fatto quella chiacchierata con Jeff. E, beh, il resto lo sai," sbottò, mettendo la testa sul mio petto in segno di sconfitta.

"E il quarto test?" Chiesi, incapace di trattenermi. Quattro test positivi. Puoi dirlo forte, esultò il cavernicolo.

"Oh, l'ho comprato oggi quando sono tornata a casa per assicurarmi che nulla fosse cambiato", ridacchiò dolcemente, guardandomi attraverso le sue ciglia bagnate. "Niente è cambiato. Sono... Sono ancora incinta. Avrò un bambino. Il tuo bambino, Wyatt."

Quell'ultima affermazione mi tolse il respiro e barcollai all'indietro contro il box doccia. Per un momento, Tori sembrò terrorizzata, ma poi mi sciolsi in un sorriso. Il suo atteggiamento cambiò immediatamente, e anche lei sorrise a trentasei denti. Quasi la buttai a terra nel tentativo di stringerla forte, quasi stritolarla, in un abbraccio. La sollevai fra le mia braccia e le baciai la tempia, i capelli, le orecchie, il collo. Sentii le lacrime cadermi dagli occhi nel suo groviglio di capelli ramati, mi sentivo libero dall'ultima delle mie insicurezze e dai traumi del mio passato.

Spostai la testa sull'orecchio di Tori con delicatezza, massima delicatezza, e sussurrai: "Sei la mia famiglia, Tori. Sei tutto per me. E ora mi farai diventare papà. Grazie, grazie, grazie. Trascorrerò il resto della mia vita cercando di renderti felice come tu hai fatto con me."

Si voltò rapidamente per guardarmi, c'erano shock e stupore nei suoi occhi. Le sue parole mi fecero sciogliere: "Wyatt, tesoro, lo hai già fatto." Non riuscii a impedire a me stesso o al cavernicolo che era in me di urlare "mia, mia, mia!", quando, ad un tratto, tirò le mie mani grandi sopra la sua pancia ancora piatta e perfetta. Lì c'era una vita che cresceva, una vita che avrebbe cambiato la nostra per sempre. E io ero davvero, davvero sopraffatto dalla gioia. Presi la mia futura moglie tra le mie braccia, baciandola con più passione possibile, e la feci muovere all'indietro verso il letto.

"Beh, solo perché sei incinta non significa che dobbiamo smettere di praticare. Dopo tutto, ci saranno altri bambini dopo di questo," le dissi, adagiandola dolcemente sul letto. Le spalancai le gambe sotto di me e le accarezzai la pelle delle cosce, della pancia, del petto. Proprio mentre stavo per entrarle di nuovo dentro, mi chinai e chiesi: "Ti va di esercitarti con me?" Tori ridacchiò emettendo un verso sincero, senza filtri, e mi guardò con occhi gioiosi.

"Certo," disse lei, sorridendo ancora di più. "Perché no?"

EPILOGO

Wyatt - 8 mesi dopo

Mentre tornavo nella sterile camera bianca dell'ospedale con un altro sacchetto di ghiaccio per mia moglie, rimasi colpito da quanto tante cose fossero cambiate nelle ultime ore. Eravamo entrati nell'ospedale come marito e moglie, e ce ne saremmo andati come una famiglia. Quel pensiero mi colpì dritto al cuore, e sentii qualcosa che non avrei mai pensato di provare quando ero un bambino: mi sentivo realizzato.

Strisciai attraverso la porta, sperando di non svegliare Tori o la bambina... la mia piccola bambina. Con gli occhi proprio come quelli di sua madre. Tori teneva in braccio Annabelle, guardandola come se non avesse mai visto niente di più bello. Conoscevo la sua emozione; era esattamente la stessa che avevo provato quando avevo posato, per la prima volta, gli occhi su mia moglie. L'anello sul dito di Tori scintillava sotto la luce, mentre lei sfiorava delicatamente i capelli della bimba.

Mi guardò mentre mi avvicinavo e una cosa mi divenne chiara: non importava quanto duramente ci avessi provato, non avrei mai potuto darle quanto lei aveva dato a me. Ma fin quando lei mi avrebbe lasciato provare, avrei continuato a farlo ogni singolo giorno per il resto della mia vita.

Mi sistemai nella scomoda poltrona reclinabile in pelle verde accanto al letto e capii che sarei stato ugualmente felice anche seduto su un cumulo di rami. Tori si è sporse per farmi prendere la bambina e io balzai in piedi in modo da non farla scomodare troppo. Il parto non era stato facile, ma cavolo se mia moglie era riuscita a gestirlo come una leonessa! Mentre Annabelle si trovava tra le mie braccia, mi appoggiai alla poltrona, guardando la mia bambina. Alzai lo sguardo per un secondo, per vedere Tori che ci guardava con dolcezza e amore negli occhi.

Mi asciugai le lacrime che sgorgavano spontaneamente e feci il labiale, "Grazie." Lei annuì verso di me, allungò la mano per afferrare la mia, e rimanemmo seduti lì, in quella stanza d'ospedale, come una famiglia, godendoci silenziosamente quell'amore che avevamo creato e condiviso.

EPILOGO

Tori - 5 anni dopo

Ti viene da pensare che, dopo la quarta gravidanza, camminare con una palla da bowling sotto i vestiti sarebbe diventato più facile. Non riesco a vedere i miei piedi, ma so che sono gonfi e sembra che qualcuno stia cercando di convincere la mia colonna vertebrale ad adottare una posizione curva a vita.

Annabelle sta giocando nel salotto, è una bambina magrissima di cinque anni, con i capelli proprio come quelli di suo padre: dorati, sottili, e semplicemente adorabili. Wyatt sta giocando per terra con Jack, il nostro bambino di tre anni dai capelli più scuri dei miei, e Natalie, la nostra bimba di diciotto mesi che ha gli occhi di papà e la mia carnagione.

Il caos della colazione si è placato, le urla si sono calmate quasi del tutto, e mi godo un prezioso momento relativamente calmo mentre riempio l'ottava lavatrice del giorno. Wyatt finge di rotolare su Jack, che ridacchia furiosamente e sale sul suo papà come un cavallo. Natalie osserva, trascinandosi verso la sua pila di peluches per afferrare il suo preferito.

Wyatt, mentre finge di giocare a cavallo con Jack, è così dolce. È anche molto paziente e molto grato per ogni momento che riesce a passare con i suoi figli. Il matrimonio è difficile, e il matrimonio con tre (quasi quattro) figli lo è ancor di più. Ma con Wyatt, tutto sembra andare per il verso giusto. Come se capaci di leggermi nel pensiero, gli occhi blu oceano di Wyatt mi guardano, la luce del sole dalle finestre li colpisce in modo irresistibile.

Dice a Jack qualcosa come "il cavallo ha bisogno di una pausa" e striscia più vicino alla mia postazione nel retro del salotto. I suoi capelli sono arruffati e indossa ancora la tuta, ma il modo in cui lo fascia... so solo che sta pensando a me. C'è un leggero rigonfiamento nella parte anteriore mentre si avvicina e io non posso fare a meno di sorridere fra me e me.

Wyatt si aggrappa alle mie gambe con le braccia, costringendomi ad abbandonare il mio bucato. Mi chino in avanti e avvolgo le mie braccia intorno a lui, annusando il suo odore mentre affondo la mia faccia nel suo collo.

Annabelle fa la tipica smorfia adolescenziale, schernendoci mentre raccoglie i suoi materiali artistici molto seri e i suoi vari pasticci per spostarsi in cucina. Wyatt ridacchia, senza voltarsi per guardarla andar via. Dissemina dei baci dal mio collo fino alla mia pancia molto rotonda, piantando un forte schiocco proprio sul piede del nostro bambino, sotto la mia camicia. Sento il bambino contraccambiare con una piccola spinta, salutare suo padre.

Wyatt torna a baciarmi e a lasciarmi calde sensazioni lungo la curva del collo, dell'orecchio e del mento. Alla fine, si poggia sulla mia bocca, dandomi un assaggio delle cose che avverranno stasera.

"Sei bellissima, lo sai?" Mi sussurra all'orecchio mentre le sue grandi mani maschili circondano il mio ventre.

"Stai solo cercando di rimediare una scopata," sussurro di rimando, e lui sorride maliziosamente. Ritorna a quattro zampe, gattona verso i nostri due bambini più piccoli e riprende a giocare. Ma non mi sfuggono i suoi occhi che si alzano per incontrare il miei.

Wyatt ammicca dolcemente a me e mi dice, col labiale, "Ti amo" da sopra la testa di Jack.

Sorrido davanti al cesto della biancheria, annuisco e lo guardo.

"Anch'io ti amo, Wyatt," rispondo anch'io col labiale, e ci sorridiamo l'un l'altra.

Forse quattro bambini non sono abbastanza, penso mentre torno a piegare il bucato.

―――――

Leggi il prossimo in serie: Il Professore e la Vergine

LIBRI DI JESSA JAMES

Cattivi Ragazzi Miliardari

Una Vergine Per Il Miliardario

Il Suo Miliardario Rockstar

Il Suo Miliardario Misterioso

Patto con il Miliardario

Cattivi Ragazzi Miliardari - La serie completa

Il Patto delle Vergini

Il Professore e la Vergine

La Sua Tata Vergine

La Sua Sporca Vergine

Il Patto delle Vergini: La serie completa

Club V

Lasciati andare

Lasciati domare

Lasciati scoprire

Fidanzati per finta

Implorami

Come amare un cowboy

Come tenersi un cowboy

Una vacanza per sempre

Pessimo atteggiamento

Pessima reputazione

Ancora un altro bacio

Chiodo scaccia Chiodo

Dottor Sexy

Passione infuocata

Far finta di essere tuo

Desiderio

Una rockstar tutta mia

ALSO BY JESSA JAMES

Bad Boy Billionaires

A Virgin for the Billionaire

Her Rockstar Billionaire

Her Secret Billionaire

A Bargain with the Billionaire

Billionaire Box Set 1-4

The Virgin Pact

The Teacher and the Virgin

His Virgin Nanny

His Dirty Virgin

The Virgin Pact Boxed Set

Club V

Unravel

Undone

Uncover

Club V - The Complete Boxed Set

Cowboy Romance

How To Love A Cowboy

How To Hold A Cowboy

Treasure: The Series

Capture

Control

Bad Behavior

Bad Reputation

Bad Behavior/Bad Reputation Duet

Beg Me

Valentine Ever After

Covet/Crave

Kiss Me Again

Contemporary Heat Boxed Set 1

Handy

Dr. Hottie

Hot as Hell

Contemporary Heat Boxed Set 2

Pretend I'm Yours

Rock Star

The Baby Mission

L'AUTORE

Jessa James è cresciuta negli Stati Uniti, sulla costa orientale, ma è sempre stata affetta da una grande voglia di viaggiare.

Ha vissuto in sei stati, ha svolto tanti lavori ma è sempre tornata dal suo primo vero amore – la scrittura. Lavora a tempo pieno come scrittrice, mangia troppa cioccolata fondente, ha una dipendenza da caffè freddo e patatine Cheetos, e non ne ha mai abbastanza di maschi Alpha e sexy che sanno esattamente cosa vogliono – e non hanno paura di dirlo. Uomini dominanti, Alpha da amore a prima vista, sono i protagonisti delle storie che ama leggere (e scrivere).

Iscriviti QUI per la Newsletter di Jessa:
https://bit.ly/2xIsS7Q

www.ingramcontent.com/pod-product-compliance
Lightning Source LLC
LaVergne TN
LVHW011846060526
838200LV00054B/4198